光文社文庫

草にすわる

白石一文

光

目次

草にすわる 7
砂の城 107
花束 185
文庫版のためのあとがき 264

草にすわる

草にすわる

　洪治《こうじ》は、近頃たまに戦場に行った人たちのことを考える。

　日本がアメリカやイギリスと戦ったときでも、世界のあちこちでいまも続いている各種の戦争においても、いわゆる兵士たちというのは、ごくわずかな幹部連中を除けば、みんな自分たちがどこにいて何をやらされているかも知れずに、訳も分からぬうちに死んでいったのだろうし、現在も死んでいるのだろう。中東では自爆攻撃が盛んで、年端《としは》もいかない時分から非イスラム世界への憎悪を存分にたたき込まれた若者たちが、爆弾を抱きあるいは車に搭載し、ユダヤ人やアメリカ人の群れの中に突入して死んでいる。そういうちょっと見では本人の意志が一部介在したように映る行為であっても、全体の状況を俯瞰《ふかん》する立場で見れば、彼らは単に何者かに操られて死なされたにすぎないし、それは対米戦末期の神風《かみかぜ》特別攻撃隊員たちにしても似たようなものだったにちがいない。だから、その当のテロルの被害者や市街地への無差別爆撃の犠牲者がそうであるように、彼らもまた虫けらのように死んだということだ。

人殺しというのは、つまりは虫けらと虫けらとの殺し合いで、それ以外のものというのは滅多にないように洪治は思う。あれは会社を辞める前年の九八年だったが、トム・ハンクスが主演した『プライベート・ライアン』を当時浅く付き合っていた社の同僚の女性と一緒に劇場で観たときにも、ドイツ軍の防衛線の真っ只中、ノルマンディの海岸に上陸していく兵士たちが次々に撃たれていく場面を前に、なるほど兵士というのはこのように虫けら同然に死んでいかされたのだろうな、と胸苦しくなった。が、先日、こんどはビデオショップでジュード・ロウ主演の『スターリングラード』を借りて観てみると、ここでもロウが演ずるヴァシリ・ザイツェフという実在の狙撃手や戦友たちが、廃墟と化したスターリングラードを目指して冬のヴォルガ河を対岸へと渡るところで、メッサーシュミットの機銃掃射を浴びて、虫けらのように殺されていくのだった。

しかもからくも生き延びた羊飼い出身のザイツェフは、鹿撃ちの要領で、今度は数々のドイツ軍将校たちを狙撃しまくって、なんとその功績でソ連邦英雄の称号を手に入れるのだが、撃たれる将校たちというのがまた、まるで虫けらのように死んでいく。そんなザイツェフも結局は、ソ連共産党に体《てい》よく利用される虫けらにすぎないというのが、俳優の演技と映像のみ秀逸なこの映画の唯一のメッセージのようでもあったから、なおさら渋治は、戦場に立たされる人々のことを最近あれこれ思わされるようにもなったのだった。

今朝も十時過ぎになってようやく寝床から起き出した渋治は、すでに誰もいなくなった家で、母が作り置いていってくれた簡単な朝食、今日は梅と昆布の握り飯と肉じゃがに白菜の一夜漬けだったが、を食べ終えて二階の自室に戻り、枝先の蕾《つぼみ》が膨らみはじめた庭の梅の木を窓越しに眺めやりながら、戦場に駆り出されていった男たちのことを考えていた。

虫けらのように死んだ、というけれど……。

と渋治は思った。

虫けらのようにとはどういうことなのか。いまは一月で蚊もぶよも飛んではいないが、想起される虫けらの死と言えばそれらを掌で叩き潰したあのありさまで、しかし考えてみれば自分たちはそういう蚊やぶよの生き方など想像もつかないのだから、その死に方について知るはずもないし、それでも、ああやって遮二無二《しゃにむに》羽音を立てて飛び回り、貪欲に自らの体の数千倍もありそうな獲物目がけて挑みかかってくる彼らの方が、よほど戦地に連行されて無意味に死んでいく兵士たちよりも、その生の実質は確固とした力強さを備えているようにも思われる。少なくとも彼らは誰に命令されたわけでもなく敵に立ち向かっていくのだから、殺されるにしても兵士たちよりは主体性というものがありそうだ。とすれば、虫けらになぞらえることすらおこがましいと言うべきか。

人は大方虫けら以下ってことだよな、それはたしかにそうだろうな、と渋治は思う。すくなくともこの自分はよくよく虫けら以下の人間だよな、ほんとに、と呟く。蚊やぶよならずとも、いっそ他人の血でも吸わないことには生きられない体質ででもあってくれれば、こんな自分ももっとまともな生き方ができるかもしれないのに、とは、昨夜これも借りてきて観たばかりのウェズリー・スナイプス主演の『ブレイド』という映画の影響でつい思ってしまったのだが、スナイプス演ずるデイウォーカーは、吸血鬼一族の一員でありながら昼間でも活動できる特異体質を持ち、人類を支配しようともくろむ吸血鬼組織にたった一人で挑戦するまさに超人的ヒーローで、なにしろこれが痺《しび》れるほどに恰好《かっこう》よかったのだ。

去年の夏に封切られたパート2もビデオ化されているので早速借りてこよう、と昨夜は観終わったあと久し振りに高揚した気分でベッドに入ったことを、渋治はふと思い出した。

しかし、現実はむろん映画とはちがうし、とはいえ、よくもまあテレビドラマでもアニメでも映画でも小説でも人を殺す話ばかり飽きもせずに繰り返している、と啞然《あぜん》とする。プライベート・ライアンやスターリングラードは一応史実に即しているわけだが、昨夜のブレイドをはじめ、『スター・ウォーズ』にしろ『ハムナプトラ』にしろ『ハリー・ポッター』にしろ『ロード・オブ・ザ・リング』にしろ『ジュラシック・パーク』にしろ『ハンニバル』にしろ、ほとんどの作品はただめちゃめちゃに人や生き物を殺しつづけるばかりで、まともな筋立てなど仄見《ほのみ》えもしない。

ほんとうに戦争が始まったなら、人々はさすがにこれほどの仮想の殺戮《さつりく》過剰には食傷するのだろうか、それとも尚更に殺戮に現実味を覚えて興奮を募らせるのだろうか、と渋治は疑問を感じ、実際、世界大戦さなかの昔のドラマ事情はどのようなものだったか知りたいとも思うが、おそらく結論は前者であろうと予想はつく。

所詮、誰だって人殺しは絵空事のままにしておきたいにちがいない。あれが全部ヤコペッティ流のドキュメンタリーだったなら誰も劇場にもビデオショップにも足を運びはしないだろう。

現実の戦場は狂気が支配する世界だろうし、戦争を始めたり指揮する人間たちは、また別種の何らかの桁違いの狂気に取り憑《つ》かれているのだろう。ジョージ・ブッシュ二世にしろサダム・フセインにしろビンラディンにしろ金正日にしろ、さらには目下ブッシュ・ペットと綽名《あだな》されるトニー・ブレアにしろ、きっと自分たちが何をしようとしているのか皆目不分明なままに何事かをなしている気になっているだけなのだ。

そのリアリティーの甚《はなは》だしき欠如ぶりは、この自分やそういう殺戮物の小説やアニメや映画を作っている者たちや、そして当の映画の中の主人公たちと何ら変わらないにちがいない。

要するに、この世界では嘘も真実もあったものではない、ということだ。

嘘も真実もないというのは、つくづく言えてると洪治は思う。小学生くらいから実感としてそう感じてきたし、その感覚が幾分でも修正される体験は、この四月半ばには三十歳になる今の今まで一度もなかった気がする。

昨夜は、ブレイドを鑑賞する直前まで、これも一緒に借りてきたアダルトビデオを観ていたのだが、それはいわゆるぶっかけモノというやつで、一人のAV女優が実に四十八人の男の精液をたてつづけに顔や全身に浴びるというビデオだった。顔を精液まみれにしながら彼女が「ドリームシャワー最高！」と叫ぶのを見つつ、彼女はこの仕事でどのくらいのギャラを受け取っているのだろうか、と洪治はまず思った。まだ処女時代にこのビデオを観せられて同じことをやれと言われたら、きっと一億円貰っても嫌だと言ったようなそのことを彼女は一体幾らでやっているのだろう。次に、これはど大量の精液を飲んで、撮影が終了したあと、彼女はその晩も何か食べたり飲んだりできたのだろうか、とも思った。こんなに精液を飲んでしまっては、その匂いと食味がしばらくは鼻や口に残ってどんなものも精液の味に思えてしまうのではないか。さらに、こういう仕事ばかりしていたら生涯カルピスは飲めないんじゃないかなあ、と馬鹿みたいなことまで考えた。

きっと彼女もまた自分がしていることがよく分かっていない人間の一人なのだ。

彼女の仕事は、自分ではないもう一人の自分がやっていることで、彼女も内心ではそう確信している。ただ、だからといって本当の自分はどこにいるのか、とまともに誰かに問われると恐らく答えに窮するのだろうが。彼女は嘘も真実もない世界の中で、生きるとも言えずただひたすらに漂っている。だからブッシュやサダムが何だってできるように彼女も何だってできる。

だが、そんな彼らもいつかは自分のやっていること、言ってみればその安直なプロフェッショナリズムにうんざりする。大統領や首相ならば任期が来れば辞められるし、AV女優だって二、三年もすればファンにそっぽを向かれて出番がなくなる。それに比べると独裁者などは辛いだろうなという気はする。いくら飽き飽きしても、自分ではないもう一人の自分を手放すわけにはいかない。彼らの場合は失脚がそのまま生命の終焉《しゅうえん》につながってしまうのだから。

長く売れているタレントなども独裁者の部類に入ると渋治は考える。

昨夜はぶっかけモノの前はダウンタウンの番組を観ていたのだが、最近の松本人志はまったく面白くない。視聴者が彼に飽きる以上に、彼自身が自分のやっていることに倦《う》み疲れている様子がありありとしてきている。渋治はずっと優香が好きだったから、松本が優香と付き合っていると去年の七月に知って、知ったその場は、常盤貴子との交際が発覚したとき以上に彼のことを心底羨ましいと感じたが、テレビの中の荒れ果てて貧相なその顔を眺めているうちに、そうした羨望《せんぼう》も大部分雲散霧消していくのだった。有名になってたとえ何人もの女優たちとセックスできたとしても、それが日常になってしまえば、やはり飽き飽きしてしまうのだろう、と松本を見ていて渋治は昨夜もあらためて思った。

それでも売れているから相変わらずの仕事をつづけ、きっと彼もいろいろと面倒なことに取り囲まれてもいるのだ。気の毒と言えば気の毒なことだ。

庭から目を離すと、別にすることがあるわけでもなし、洪治はいつものようにベッドに横になって腹ごなしをした。

⇦

一昨年の暮れに急性胆嚢炎《たんのうえん》を患って、胆嚢の摘出手術を受けた。もっとも腹腔鏡下胆嚢摘出術といって、腹部に小さな穴を四個穿《うが》ち、内視鏡を挿入して臍下《へそした》のやや大きめの切開創から胆嚢だけを引っ張りだすという軽度の手術だったから、入院も一日ばかりで済んだのだが、以来、丸一年を越えてもやはり腹具合は従前通りに回復はしていなかった。胆嚢というのは食物の消化に必須な胆汁を蓄積濃縮する役目を果たしているが、胆汁そのものは肝臓で作られるので、除去してしまっても生活上さしたる影響はないと言われている。が、失ってみると微妙な不調が現れてきた。考えてみれば当たり前で、もともと身体に備わっているものはどれも必要があって進化の途上で残されてきたのだろうから、まして一臓器である胆嚢などは取り去って何の問題も起こらないということはあるはずがない。

術後半年を越えた昨夏あたりからは、それでもずいぶんと改善したのだが、といってもこうやって食事をとると、毎度しばらくは下腹が絞られるような感覚に見舞われる。退院直後などは、食事が終わると同時に腹が下ってトイレに駆け込む日々がつづいたものだ。ことに油物や卵類、牛乳、コーヒーやチョコレートなどの刺激物にはてきめんに反応して、とても外食などできる状態ではなかった。

医師に相談すると、多分に精神的なものでしょうと言うばかりで、整腸剤など処方する以外にこれといった指導をしてくれるわけでもなく、経済的な問題もありはしたが、主に体調の不良に背中を押されて退社後二年半にわたった独り暮らしに見切りをつけ、この広くもない実家に昨年二月に洪治は舞い戻ってきたのだった。

三十分余り寝そべっていると、どうやら腹具合も落ち着いてきた。

机上の目覚まし時計を覗くとちょうど十一時になっている。洪治はベッドから起き上がり、ベッドと机とのあいだのスペースで北側の壁に正対して簡単なストレッチを十五分ほど行なったのち、パジャマからロードワーク用の服装に着替えを済ませた。下は紺のジャージでホワイトメッシュの長袖Tシャツを着て、やはり紺色のウィンドブレーカーを羽織る。ロードワークといっても、この家を出て一キロばかり先の運動公園まで走り、その五百メートルトラックを六周して再び戻ってくるだけの、たかだか五キロ程度のメニューだが、それでも去年の九月から始めて、これだけは雨天を除けば一日も欠かさずに行なっている。大晦日も元日も中止はしなかった。

術後の変調が思いのほか尾を引いて、とても放っておくだけでは戻らないと気づいたこともあるが、それよりも、夏場くらいから急激に太りだしたことが走り込みを始めた一番の動機だった。

「洪治君、なんだか顎がなくなってきてるよ」

と曜子《ようこ》さんに指摘されて体重を計ってみると、いつのまにか八キロも目方が増えていた。これには洪治自身驚いて、早速走ることに決めたのだった。

十一時半きっかりに洪治は玄関を出た。

この冬は近年になく寒いが、洪治の住む家はさいたま市でも岩槻《いわつき》寄りの、かつては一面が田んぼと湿地帯だった場所を切り拓《ひら》いて宅地とした区画にあるので、ことに冷え込みが厳しかった。年明け、関東一円に降雪があった折などは、周囲四方五センチ以上の雪が積もって一週間近く消えなかった。正月も二十日を過ぎ、このところ寒波も中休みの気配だが、それでもこうやって一歩戸外に出てみると、田や畑の赤茶けた野面《のづら》を吹き渡ってくる風は、頬や手の肌を刺すように冷たい。おろしたてのジョギングシューズなので足首の感触を確かめながら、洪治はゆっくりと軽いステップで家の前の坂を下り、公園へとつづく農地沿いの道に出た。二分ほど早足踏みをやって筋肉を柔らかくしてからスタートを切る。

五百メートルも走ると通りの右側に大きな農協の倉庫が見え、その先に曜子さんが働いているハロディ・イイヅカがあった。イイヅカを横目に渋治はこのあたりからスピードをアップする。

いまとなっては小規模スーパーの部類に入ってしまうイイヅカだが、まだ彼が中学生だった八八年に開店したときは、ずいぶんと豪華な二階建てスーパーがやってきたと近在住民こぞって大歓迎したものだ。ちょうどソウルでオリンピックが開かれた年で、初代のオーナーは県内にパチンコチェーンを展開する在日韓国人だったこともあって一年間ぶっとおしでオリンピック祝賀セールを行ない、食材、衣類、生活用品と破格の安さで住民たちを喜ばせてくれた。渋治も生まれて初めてナイキのスニーカーを買ったのはこの店でだった。

あの頃の自分は一体何を考えて生きていたのだろう。

小学校の後半から地元のスポーツ少年団に入って陸上を始め、中学・高校と長距離をやっていた。高校では陸上部の監督とソリが合わずに二年の春の記録会を最後に部活を辞めてしまったから、走ったといっても五年ほどの期間にすぎなかったが、それでも中学時代は県内では一、二位を争うタイムを出して周囲を沸かせたこともあった。当時の日本陸上界は男子マラソンの黄金時代で、宗茂・猛兄弟や瀬古利彦、中山竹通、児玉泰介、谷口浩美といった一流ランナーがしのぎを削っていた。洪治はなかでも瀬古の大ファンで、代表選考レースである前年十二月の福岡国際に左足首剝離《はくり》骨折で出場できなかった瀬古が、オリンピックイヤーのびわ湖毎日で優勝し、なんとか代表枠三人の一角に滑り込んだときには我がことのように嬉しかった記憶がある。

あの一時期は、本気で瀬古さんや中山さんのようなトップランナーになりたいと夢見ていたような気がする。それが現実はこのありさまだ。すでに当時の瀬古さんと自分は同年輩になっている。にもかかわらず職もなければ結婚もできず、先のあても皆無の身の上だ。昨夜のAV嬢ではないが、十五年前の自分がこの姿を見たらまったく絶望してしまうことだろう。

運動公園は平日の昼間ということもあって人影はまばらだった。南側の芝地では、子供連れの母親たちが二、三組日向ぼっこしていたが、グラウンドに出ている者はなかった。誰もいないトラックを洪治は大きめのストライドでゆるやかに走る。十分以上の継続有酸素運動で体脂肪は最も効率よく燃える。ロードワークのお陰で体重はすでに元通りになった。

日頃あんまり他人のことを褒《ほ》めたりしない曜子さんも、このランニングの成果については感心してくれている。

「こんなにきっちりダイエットできるんだもん、渋治君、あなたまだまんざら捨てたもんでもないわよ」

締まりの戻った腹筋に唇を這《は》わせながら、曜子さんは何度かそんな風に渋治を励ましてくれた。

発汗を促さない程度の走りで公園を出ると、帰り道では一気にペースを上げる。最後の一キロはインターバルトレーニングの要領で百メートルごとにストライドとピッチを変えて出しつくせなかった汗をいちどきに絞りきるのだ。

渋治は走路の景色を眺めながら走るのが昔から好きだった。流れゆく風景を見るともなしに視野におさめ、さまざまなことを考える。静止していれば出口を見つけられずに胸中にわだかまるだけの未熟な思考の断片たちが、走っているときはなぜか脳から筋肉へ、筋肉から体表へとスムーズに運び去られ、爽快な余韻を残して揮発してくれる。その感覚が渋治にはたまらなかった。やがてはマラソンをと望んだのも、街中に出て競技を行なえるのは駅伝かマラソンしかなかったからだ。

だが、このロードワークの帰路は風景などお構いなしにひたすら全力で走り抜ける。最後の登り坂を上がる頃には全身の汗が噴き出し、足裏までが濡れた感触に浸される。

会社を辞めてからの三年間で溜まり込んだ重油のような鬱屈が、身体の深部から立ちのぼって、大量の汗と一緒くたに排泄されるような気がする。それは、少年の頃のあの明るい爽快感とはまた違った、ある種の虚脱を伴う複雑な心地よさを洪治にもたらしてくれるのだった。

帰宅してすぐにシャワーを浴び、一階のダイニングで正午のニュースを見ながらコーンフレークに豆乳をかけて食べると、洗面所のドライヤーで濡れた髪を完全に乾かし、洪治は自室に上がった。午睡のときにだけ使っている目覚まし時計の針を三時にあわせてベッドにもぐり込んだ。いつものようにほんのりとした疲労感がやさしい眠気を連れてきてくれる。

あてどなく先の定まらぬ人生だけが今を楽しくできる――三日前に読んだ小説にそんな一節があって、洪治はこの言葉に少しばかり蒙《もう》を啓《ひら》かれる気分になったが、静けさに満ちた冬の午後、誰に遠慮することもなく、何かの準備のためでもなしにこうやって暖かな寝床で眠りの快楽に身を任せられるのは、たしかに自分が将来の見通しや安定した暮らしを投げ出してしまった見返りのようにも感じられる。どんな人間にもあれもこれもは許されない。こんな取るに足らない小さな眠りひとつとってみても、背景にはそれなりの犠牲と覚悟があるのだ。そうであるなら、この眠気も過去の洪治からいまこの瞬間の洪治へのかけがえのない贈り物なのかもしれない。

目を閉じ、洪治は大きくひとつ息をついた。

たった二時間半の、これが俺の日々の充実だ、と思った。

⇦

目覚めたとき部屋は薄暗くなっていた。

洪治はベッドから跳《は》ね起きると机に歩み寄って目覚まし時計を摑《つか》み上げた。

案の定、針は五時を回っている。アラームはセットされたままだから、けたたましい音にも気づかず四時間半も眠り込んでいたということだ。

最近こういうことが、頻々《ひんぴん》と起こるようになっていた。

先週の土曜日も、ドアを叩く激しい物音にぎょっとして目を覚ますと、アラームが鳴り響いていた。階下で聞いていた母が、余りに長くつづくので、何かあったのかとたまりかねて駆けつけてきたのだった。自分でもこんな激しい物音にまったく反応しなくなりつつある我が身が次第に不安になりはじめている。

相変わらず家の中は無人の静寂に包まれていた。母はまだパートから戻っていないようだ。部屋の温度もすっかり下がって外の冷気をそのままに感じさせる。ため息をついて洪治は明かりも灯《とも》さずベッドのへりに座り込んだ。

今日は水曜日だから曜子さんを訪ねる日だった。彼女は毎水曜日が早番で三時には仕事が終わる。いつも夕食の支度をして洪治の来るのを待ってくれていた。そんな風に週に一度は会うようになってもう一年近くになる。

彼女との関係も含めて、この三年半の無為の日々が自分というものを先細りさせ緩慢に腐らせていっているような気がする。いまの自分は虫けらどころか虫の息といったありさまなのではなかろうか。

洪治は九九年の八月に会社を辞めたとき、最低五年間は何もすまいと心に誓った。五年は《待ち設けよう》と決めたのだ。

待つのではなく待ち設けるのだ。辞書を引けば、待ち設けるとは①用意して待つ。まちうける②そうなるだろうと心に望んで待つとある。当時の洪治は三年と四ヵ月の勤め人暮らしに激しく疲れていた。高校の三年間も、退部やその後の学校生活、受験勉強でへとへとになった経験があったから、再びそんな状態になるのも致し方ないのだと受け入れた。大学の四年間は高校時代の疲弊《ひへい》から立ち直るための期間だった。勉強にもサークルにも身が入らなかったが、そのかわり就職活動は学友たちと比べても頑張った方だった。渋治の通った大学くらいではバブル崩壊後の求人状況は最悪だった。そんな中で一応大手に数えられる不動産会社に就職できたのは、十代で堆積した疲労を、傷ついた獣が穴ぐらで身を休めるように、心静かに癒したからだと思っていた。

だから会社を辞めたときも、じっくり羽を休めて待ち設けていれば、やがて前途は拓けると確信していた。渋治にとって「用意して待つ」とは、あくせく動き回ってチャンスを窺《うかが》うことではなかった。長丁場《ながちょうば》のレースでは勝機は後半に必ずやってきた。その勝機を逃さないために何より大切なのは、それまでじっと耐えて走り抜くことだ。そうした粘り強い走りで彼はいつも勝ったし、敬愛する瀬古さんのレースがお手本だった。じたばたと周囲に左右されてペースを変える選手は勝てない。瀬古さんはどんな相手と走っても自分のペースを頑《かたく》なに守り切り、耐えに耐えてトラック勝負に持ち込み、ゴール前で一気に逆転した。その走りこそが本物の強さだと渋治は信じていた。

当たり前のことだが、何をするにしても動機がいる。働くことも例外ではない。ただ働け、自分の力で食っていけというだけでは、どんな仕事でも構わないことになってしまう。働くからには何らかの納得できる動機が誰にだって必要だ。

とにかく世間に名の知れた、都心の一等地に本社ビルを構える会社で働きたいと渋治は思った。父の栄治のように末上場の小さな食品卸会社に一生勤めるのは厭だった。名刺を出せば皆が感心してくれるような大企業に入りたかったし、それが当時の洪治にとっては働くための動機だった。だからこそ、遊びやサークル、女の子に夢中になって後手後手の就職活動の末に中小企業に散っていった大半の同級生を尻目に、懸命の努力で念願の大企業への切符を彼は勝ち取ったのだ。

だが、勤務についてみると不動産営業の仕事は想像以上に過酷だった。名古屋の営業所で地味な戸建て営業を一年やって東京に戻り、主力のマンション営業に回された。すでに市況は冷えきっていて四半期ごとに改定される商品の販売価格は、契約優先の現場部隊でさえ首を捻《ひね》らざるを得ないほどの勢いで下落していた。

「おい、こんな値段でうちの会社ほんとに儲けられんのか」

口々に言い合いながら、それでも増えつづけるノルマをこなすのにみんなが必死だった。

洪治の会社はマンションが完成する前にモデルルームに客を呼んで成約してしまうという画期的な営業手法で一躍マンション業界最大手にのし上がった。が、洪治の入社した九六年頃になると、すでにこの青田売り商法が不況のあおりをまともに受け、膨大なキャンセルを食らって営業戦略の抜本的見直しを迫られていた。加えてバブル期の莫大な開発投資が裏目に出て、経常利益は銀行借入の返済のためにバブル期の十分の一以下に落ち込んでいた。酒場に行くたびに先輩たちからは黄金時代の自慢話を聞かされ、「しかし、お前たちは運が悪かったな」と言われつづけた。

入社三年目には主力銀行から新社長が派遣されてきて青田売りは全廃され、現物・現場売りに転換した。渋治は二年で東京本部から横浜営業所に配転され、新横浜駅そばのタワーマンションの販売に専念することになった。地上三十二階建て総戸数四百十二戸のインテリジェントタワーは、全期通じての最多価格帯が六千九百万円という代物《しろもの》で、この御時世ではもっとも厄介な物件だった。担当を命じられたとき仲間たちに「お前、虎の穴入りだってな」と冗談まじりに同情され、実際営業を始めてみるとまったくと言っていいほど買い手がつかなかった。業者やネットを通じて資料請求してきた客たちに朝から片っ端に電話を入れ、見学者には嫌がられるほどのセールスをかける。休日返上で動き回って、三ヵ月でついに一戸も売ることができなかった。

当初は大目に見ていた営業主任も、ひと月も過ぎると目つき顔色が変わってくる。

「ド新人でもあるまいに、名古屋や本部で何やってきたんだ。いつまで只飯《ただめし》食ってるつもりなんだよ。売れなきゃテメエで買え、この能なしが」

くらいの罵声は毎日浴びることになる。

その程度は慣れっことはいえ、長かった梅雨も明けた七月末、第二期分譲に入ってようやく付いた歯科医の客に成約直前で逃げられて落ち込んでいた日の当夜、名古屋時代に世話になった先輩が自殺したという知らせを受けて、最後のつっかえ棒がピシッと音立てて折れるのを感じた。彼も渋治同様に四月から仙台の難物を担当させられ、どうしても成績が伸びず、思い余って首を吊ったのだ。

遺体は家族の意向で都内の実家に運ばれ、通夜、葬儀は板橋の葬祭場で行なわれた。両方に出席したかったが、主任は朝礼を理由に葬儀への出席を許可しなかった。当然無断欠勤して葬儀に顔を出し、昼過ぎ、焼き場に向かう車を見送って葬祭場から駅に戻る道すがら、通りの文具屋で便箋と封筒を買い、マックに入って辞表を書いた。

何の未練も後悔もなかった。

人さまに迷惑をかけないように、というだけでは同じ仕事をつづける理由にならない。はっきりしない将来へのいじましい不安から手元の茶番じみた現実に耐えて働くのはもううんざりだった。三年余の勤務で三百万円ほどの貯金もあった。実家の近くの古い公団の一間でも借りて、失業手当てやバイトで食いつなげば四、五年はなんとかなると算段をつけた。

五年もあれば、どんな人間にだって一つや二つ何かのチャンスが舞い込むにちがいない。学生時代の目標だった大企業での勤務も経験した。今度は、どうしても生きないではすまないような、生きるしかないような、そういう切羽詰まった理由を見つけてから働こうと思った。

だから五年間は何もしないと真っ先に自分に誓ったのだ。

それが四年目に入ったいまでは、せめて吸血鬼にでもなれたら、とさえ思うこの体《てい》たらくなのだからまったくやりきれない。学生時代とは今回は勝手がちがうのだ、と気づいたのは昨年あたりからだった。予定通り埼玉に戻り、家賃四万五千円の公団の1DKを借りてまがりなりにも自活をしているあいだは、これほど追い詰められた心地にはならなかった。それが一昨年末に手術してここにやむなく帰ってきてから、ただ待ち設けるという自分の姿勢に嫌気がさしてきたのだ。月の三分の一はやっていたバイトを体調の面もあってやめてしまったのも良くなかったかもしれない。貯金が昨年の秋にとうとう百万円を切ったことも正直なところこたえていた。

結局俺も、自分がしていることがよく分からなくなってしまったのだ。きっと戦場の兵士たちやブッシュやサダムやAV女優や松ちゃんが極度の欲望と多忙と疲労とによって自分なりの時間の使い方を見失ってしまったように、自分もまた極度の無欲とヒマと弛緩《しかん》とのせいで固有の時間感覚をなくしてしまったのだ。

わずかのあいだに真っ暗になった部屋で洪治はそう思った。ゆるゆると立ち上がり天井の明かりをつける。

もうどうにもならないよなあ……。

そんな気がする。

「渋治君、なんだかだんだん鬱っぽくなってない？　私のがうつっちゃったのかな」

この前会ったときに曜子さんに言われたが、彼女のが伝染したかどうかは別にしても、恐らくそうなのだろう。

今夜は行きたくないな、と思う。体のつながりはあっても曜子さんと心を通わせているとはとても言えない。どうして一年もつづいているのか自分でも不思議なくらいだ。曜子さんとて同じ気持ちだろうが。これも時間を失くしてしまったせいか。目覚ましが聞こえなくなったのも曜子さんとだらだら付き合っているのも、要はそういうことなのだろうか。

⇦

昼間出たときよりも外気はさらに冷えきっていた。

曜子さんの住むマンションは、家の前の坂を上って下り、もう一つ大きな坂を越えた先、東北自動車道の高架の向こう側にあった。歩くと二十分程度の距離だ。母には、毎週水曜日は稔《みのる》の店の手伝いに行くと言ってある。稔の経営する小さな居酒屋は武蔵浦和駅の近くにあって朝の五時までやっているから、外泊になっても怪しまれない。何もこの歳になって親に遠慮する必要もないのだが、曜子さんと知り合うきっかけを作ったのが当の母であり、いまも母はハロディ・イイヅカでパート勤めしているのだから、特に曜子さんは二人の関係を勘づかれたくないふうだった。

洪治としても、週に一度だけでも働きに出ている息子の姿に一縷《いちる》の安心を求めている母の様子を見ていると、このまま嘘をつき通しておく方が差し障りがない気がしている。母は何も気づいてはいないようだ。いまのところ洪治と曜子さんとの仲を知っているのは大学の後輩で唯一の友人ともいえる佐久田稔ひとりだけだった。

二つ目の坂を上りはじめると右手に大きな櫟《くぬぎ》林が開けてくる。歩きだしてから急に出てきた風がまばらに植わった裸の木々のあいだで大きく鳴っていた。風の冷たさに顔がこわばってくる。この分では明日は雪かもしれない。そう思って空を見上げると白く大きな月が真ん中に冴《さ》え冴《ざ》えと光り、ちぎれ雲ひとつなかった。

去年の暮れに曜子さんの部屋で見つけた詩集の中の一節を洪治は思い浮かべた。

悲しく投げやりな気持ちでいると
ものに驚かない
冬をうつくしいとだけおもっている

八木重吉という人の詩だった。

この人は学生の頃から結核で苦しみ、三十歳の若さで妻と二人の子供を残して死んだのだと曜子さんが言っていた。

「小さな子供を残して死ぬのは無念で仕方なかったと思うわ。でももっと可哀そうなのは、夫に先立たれた奥さんの方よ。だってその後、二人の子供たちも同じ結核で相次いで死んでしまうんだもの」

八木重吉の詩が皆に読まれるようになったのは、彼の死後二十五年も経ってからのことだったという。曜子さんは自分の境遇とも重ねあわせて、この詩人の詩が好きなのだろうと渉治は思った。詩集の巻頭には最初に生まれた二歳の娘を挟んで、まだ二十歳の妻と共に写った二十七歳の重吉の写真があった。優《やさ》おもてのいかにも人の好さそうな顔をしていた。写真の裏ページには「病気」と題した自筆の原稿も載っていた。

病気すると
ほんに何も欲しくない
妻や桃子たちもいとしくてならぬ
よその人も
のこらず幸であって下さいと心からねがわれる

細い筆文字でこれもなんとも優しげだった。

こうやっていまの自分と同じ年齢で妻子を残して死んでいった人もいるのだなあ、とそのとき洪治は思った。この人には「いとしくてならぬ」妻や子がいた分、死が尚更に辛いものだったろう。が、それでもそういう人たちがいたという点が少し羨ましかった。そして、曜子さんの言うように誰より辛かったのは愛する者を根こそぎ奪われた夫人の方で、それはいま現在の曜子さんの苦しみとも深くつながっているものなのだろうと洪治は感じた。

詩集を借りはしなかったが、家に帰ってから、あとひとつだけ強く印象に残った詩をノートに書き留めておいた。「草にすわる」という詩だった。

わたしのまちがいだった
わたしの　まちがいだった
こうして　草にすわれば　それがわかる

渋治はこの短いフレイズに妙に惹きつけられた。どうしてだか自分でも分からないが、何かほんとうに切羽詰まったなら、よし、俺も草にすわってみようと思った。ロードワークの楽しみを取り戻した時期だったから、正反対の発想に不意をつかれただけかもしれないが、肝腎なときに草にすわれば、それだけで自分の間違いがきっと分かるような、そんな確信めいた感触を渋治は持ったのだ。

曜子さんは渋治と同じ高校の二年先輩だった。

渋治の通った高校は私立のそこそこの進学校で、彼の場合は中学時代の実績が買われてスポーツ特待生として入学した。それもあって、二年の春に退部して以降の学校生活がいたたまれないものになったのだ。曜子さんとは一年だけ一緒だったにすぎないし、むろん在校中は口をきいたこともなかった。ただ、彼女の顔と名前は知っていた。中学は別だったが家が近かったこともあるし、何より、曜子さんは校内で評判の秀才だった。その高校では三年生になると、模擬試験の結果が教職員室前の廊下に掲示される決まりになっていた。一年の頃は毎日走りに来ているようなものだったから大学進学など眼中にもなかったが、それでもテストでつねに一位をキープしている加東曜子の名前は洪治でも知っていた。年間一人か二人は東大にも進学する学校だったので、成績上位者はあらゆる面で優遇されていたし、生徒たちの関心も集めていた。いちど洪治も三年生の教室に曜子さんを見に行ったことがある。予想に反して、目立たない感じの存外きれいな人だったので却って印象に残った。

翌春、曜子さんが東大ではなく一橋に合格したことを知って、洪治はなんとなくあの人らしいなと思った記憶もある。

曜子さんと再会したのは、洪治が実家に戻って半月もたたない昨年の二月のことだった。

「あの加東さんとこの娘さんが販売課長さんでね、やっぱり仕事もさばけるし、人柄もとてもいいのよ」

という話は、母がイイヅカで働くようになった半年くらい前にすでに耳にしていた。曜子さんがあんな小さなスーパーに勤めていると聞いて、洪治はすこし意外だった。彼女が大学卒業後に大手の監査法人に就職したことは噂で聞いていたし、五年前にああいうことがあって、その折も葬儀に参列した母からの報告で、たった一人残された彼女の様子は知らされていた。曜子さんが母親と弟さんの死を知ったのは出張先のニューヨークでのことで、それで帰国までに三日もかかり、現場検証にも遺体確認にも立ち会えなかったこと、葬儀も五日も経ってから行なわれたこと、葬儀場の彼女は見るからに憔《しょう》悴《すい》しきって、出棺のときは泣き崩れてなかなか霊柩車に乗ることができなかったこと、などを当時母は声を詰まらせながら電話で渋治に伝えてきたものだ。だからこそ、渋治はあんなことがあって、いまや家もなければ身寄り一人いるわけでもない暗い故郷にわざわざ帰ってきた曜子さんの真意がよく摑めなかったのだ。

その曜子さんを、ある夜、母は突然家に連れてきた。

父の栄治が雪印事件や牛肉問題などへの対応で急に仕事に追われだした前年あたりから、もともと淋しがり屋の母は、しきりにパートの同僚や洋裁の教室仲間を家に呼んでは一緒に食事をするようになっていた。その日も、階下で話し声が聞こえるので、きっとそんな集まりだろうと思いながら、自分用の夕食を受け取りにダイニングに入っていくと、曜子さんがテーブルに母と向かい合って座っていたのだった。母が慌てて渋治を紹介しようとすると、

「おばさん、私、彼のことよく知ってます」

曜子さんが機先を制するように言った。

洪治の方は、目の前にいる女性が誰なのか皆目見当がつかなかった。十三年ぶりに見る曜子さんは、高校時代の印象からすれば別人と言っていいほどに変わっていた。それから母の手料理や曜子さんの持ってきた店の惣菜などをテーブルに並べて酒盛りとなった。曜子さんと母はすっかり親しそうだった。母は課長、課長と彼女のことを呼び、曜子さんはおばさん、おばさんと母に打ちとけていた。

「洪治君、すごく速かったんですよね。私、一度友達に誘われて競技会を観に行ったことがあって、その友達の彼氏が陸上部だったんですけど、洪治君のレースも見せてもらったんですよ。最後の一周であっというまに前の選手たち全員をごぼう抜きにしちゃって、そしたら友達が『あの子は今年うちの学校に入学してきたんだけど、いずれ凄い選手になるって評判なんだよ』って教えてくれて。私なんてひどい運動音痴だったから、一回でいいからあんな風に颯爽と走ってみたいなってつくづく羨ましかった。だからそのとき篠原洪治という名前をしっかり憶《おぼ》えて、いつか大きなレースで名前を見るのをずっと楽しみにしてたんですよ」

曜子さんは、少し酔ってから、洪治にとも母にともいうのでなくそんなことを言った。洪治が二年で退部してしまったことは当然知らなかったようで、告げると、

「そうなんだあ」

と洪治の方に顔を向け、

「もったいないことしちゃったね。きっと一流のランナーになれたのに」

と言った。洪治が黙って焼酎のお湯割りをすすっていると、つづけて、

「でも、一流選手になるのもいいけど、自分は絶対一流選手になれたんだって一生思っていられるのも同じくらい幸福かもしれないよね。私なんかそういうの全然持ってないから、やっぱりいまでも羨ましいな」

と彼女は言ったのだった。

⇦

その晩、曜子さんはぐでんぐでんに酔っ払った。台所で追加のつまみを用意していた母が冷蔵庫から氷を取り出そうとしていた洪治に、

「あんなに飲む人だなんて思わなかったわ」

とすこし呆《あき》れ顔で呟いたほどだ。そういう母もずいぶん飲んで、かまぼこを切る手元があやしかった。洪治は十一時を回った頃から、この分では曜子さんを自宅まで送り届けるしかないだろう、と酒気を抜くためにウーロン茶ばかり飲んでいた。

午前一時を回ってようやく曜子さんは腰を上げた。

「あー、このところいろいろ溜まってたから、ひさしぶりに息抜きできてよかったあ。おばさん、ほんとにありがとう」

大きく一度伸びをしてみせ、彼女は長い髪をかき上げた。黒のギャザースカートに黒のタートルネック、母に渡されて羽織ったのは茶色のピーコートだ。その服装は洪治の目からみても野暮ったすぎると思われた。予想通り、「洪治、課長さん送ってってあげてね」と母が言い、曜子さんの方も「ごめんね」とためらうでもなしに頭を下げる。

玄関前に車をつけて待っていると、戸口のあたりで曜子さんの大仰《おおぎょう》な声が聞こえた。

「わー、おばさんごめんね。いいの、いただいて。私、白菜のお漬物大好きなんですよー」

五分以上待たされてようやく助手席に彼女が乗り込み、洪治は車を出した。

家までの道順を訊《たず》ねると、

「右に二百メートル、ケヤキ通りを左折五百メートル、交番の前を右折して道なりに真っ直ぐ、高架を渡って左側に見える五階建ての茶色いタイル張りのマンションの二階」

シートに身体を投げ出すようにして彼女は言った。手には母に貰った漬物入りのイイヅカのレジ袋を大事そうに握りしめて目をつぶっている。大きめの胸が息つくたびに上下していた。かなりの酔いのようだ。洪治はその横顔を一時停止ごとに盗み見た。ずいぶんな厚化粧で、茶色く染めた髪はもともと地味な顔立ちには相当そぐわないし、自分とは二つ違いだからまだ三十一歳のはずだが、二つ三つは老け込んでいる。それでもすうっと通った鼻梁《びりょう》と形の良い唇からすれば美人の部類に入るだろうな、と洪治は思う。しかし、部屋で話しているときも感じたが、彼女はその全体に、まるで上等な生地が色《いろ》褪《あ》せ傷んでしまったような、どうにも拭《ぬぐ》い去りがたいくすみを漂わせていた。

ゆっくりと車を走らせ、ケヤキ通りを曲がったところで、ふと洪治は気づくことがあった。このまま言われた道順に従っていると、かつて彼女が住んでいた家の真ん前を通ってしまうことになる。そこはすでに新しいアパートが建って以前の面影はないが、それでも彼女にとっては目にしたくない場所ではなかろうか。

いや、と洪治は思いなおす。見たくないのは彼女ではなく洪治自身かもしれなかった。眠ってしまったのか相変わらず目を閉じている曜子さんには無断で、洪治はコースを変えた。場所の見当はついているので若干遠回りになるが違う道を行くこともできる。

マンションの前に乗りつけると、曜子さんはすぐに身体を起こした。

「あなたって案外気をつかうんだね」

前を見たまま呟いて、洪治の方に顔を向けた。

「上がって、コーヒーでも飲んで行きなよ」

微かな笑みを浮かべていた。

曜子さんの部屋は調度類が余りなくさっぱりと片づいていた。十畳ほどの居間のソファに座って室内の様子を眺め、渋治はなぜだか少しほっとした心地になっていた。二人並んで腰掛け、曜子さんの淹《い》れてくれたコーヒーを飲む。といっても渋治は一口つけただけだった。彼女の方は何も言わずにあっという間に飲み終えると、さっさと自分のカップを正面に見える対面式のキッチンカウンターに持っていき、またソファのところに戻ってきた。

渋治の正面に立ったまま、ふと何か考えあぐねるような表情を浮かべ、細い吐息をついてみせると、曜子さんは渋治の飲みかけのカップを取り上げて残りを一息で飲み干した。そして、空のカップを右手に持ったまま渋治にかぶさるようにしゃがみこみ、その瞬間、彼の唇に酒臭い息で唇を重ねてきたのだった。

渋治はボリュームのある身体を抱きとめて、一体何年ぶりであたたかい人の肉に触れたのだろうか、と思った。そう思うと、それだけでただならぬ歓喜が全身を貫いていくのを感じた。自分が受け止めている相手がどこの誰で、この状況がいかなるものであるかなど頓着する余裕がなかった。砂漠で何日も灼熱《しゃくねつ》にさらされた末に掌の器に冷たく透き通った水が注がれたように、洪治は腕の中の肉体にむしゃぶりついていったのだった。そのまま諸共にソファに倒れ込み、見境なく力まかせに曜子さんの着ているものを引き剝《は》がそうとした。

　そのとき、急に曜子さんは洪治の腕から身体を抜いてソファを離れた。啞然として見上げている洪治に向かって、

「洪治君、つづきはこんどね」

　充分に酔いがさめた顔つきで、曜子さんは言った。

　彼女は、床に転がっていたカップを拾い上げて静かな足取りでキッチンに持っていくと、こちらには見向きもせずに居間のドアを開けて出ていってしまった。洪治は、夢から突然現実に引き戻されたような気分で黙ってそれを見送った。そのうち、ドアの向こうが騒がしくなった。ふらふらと立ち上がり廊下に出てみると、玄関の左手の浴室の明かりが灯り、シャワーの泡立った音が盛大に響いていた。

　洪治はもう一度居間のドアを引き、入口のところに立って考えた。このままシャワーを浴びた彼女が出てくるのを待つべきなのか。だが、どうもそうではなさそうに思えた。キッチンカウンターに視線をやると漬物の袋が隅にぽつんと置いてあるのが目に入った。洪治は急いでその袋をキッチンの冷蔵庫にしまって再び廊下に戻り、浴室の曜子さんに

は声をかけずにそのまま玄関からそっと外に出たのだった。

それから丸二週間、何事も起こらなかった。

向こうから連絡があるでもなく、待ちくたびれて洪治の方から連絡するというわけでもなかった。だが、洪治は決してあの晩のことを忘れなかった。それどころか、曜子さんの肉体の感触は日増しに濃厚なものへと成長し、彼の身体の奥の奥の芯棒を締め上げつづけていた。

二月最後の日の昼間、朝から腹具合がおかしくて何も食べることができず、憂鬱な気分でぼんやりと居間のテレビを眺めていると母からの電話が入った。庭の整理のために前から欲しいと思っていたログ・プランターがセールになったので買うことにした、ついては車で運びたいので夕方店まで迎えに来てくれないかとの依頼だった。

洪治は六時前にイイヅカの駐車場に車を入れた。正面入口に立って店内を覗《のぞ》くと、ちょうど曜子さんが左手の生鮮野菜コーナー横の従業員出入口から出てくるところだった。野菜売り場の明るいライトに照らされた彼女は二週間前に会ったときとはまた全然印象を異にしていた。あんなにきれいな人だったろうか、と洪治は思った。売り場の係員に何やら指示しているその姿をじっと見ていると、話し終わった彼女がこちらを向いた。洪治と目が合い、みるまに大きな笑顔を作っていく。

足早に渋治のところまでやって来た。

「おひさしぶり」

「お袋が荷物があるっていうから」

まるで言い訳するみたいに渋治は言った。エプロン姿の曜子さんは合点《がてん》がいったという表情で、

「あれでしょ」

と硝子《ガラス》越しに入口脇の方を指さす。つられて見るとなるほど長さ一メートルほどのログ・プランターが二本積んであり、その横には大きなアコーディオンフェンスも立てかけられていた。

「あのプランターは飯能《はんのう》産の西川材を使った本物だから、とってもいいものよ。今日だけ特別に安くしてみたの。おばさんもなかなか目利きよね」

母が午前中に買いつけてあそこに取り置いてもらっていたのだろう。

「お袋は？」

訊《き》くと、

「着替え中かもね。いまのうちに二人で車に積んじゃいましょうか」

曜子さんは言うと先に立ってその場所まで行き、両腕でプランターを抱えた。慌てて

洪治も一本持ち上げたが結構重い。

「だいじょうぶですか」

「これぐらい平気、平気。この商売は力仕事やれなきゃ話になんないんだから」

広い駐車場を見渡して洪治の車を見つけるや、曜子さんはぐんぐん歩いていく。

プランターはトランクに積み、フェンスは二人がかりで後部座席になんとかおさめた。

「すいませんでした。助かりました」

洪治は頭を下げた。

「どういたしまして」

と曜子さんは笑った。そして、真っ直ぐに洪治の顔を見つめ、

「あのつづきはどうするの」

と言った。まともに見据えられて洪治はなんとも返事のしようがなかった。

「今夜来てね。何時でもいいから」

あっさり曜子さんは言い、「じゃあね、待ってるから」とつけ加えた。そして踵《きびす》を返して小走りで店の方へと戻っていった。その後ろ姿を見送っていると、着替えを終えて出てきた母と曜子さんが出入口で擦れ違った。

「おばさん、おつかれさまでしたー」

潑剌《はつらつ》とした声で曜子さんは母に手を振り、あっという間に店の中に消えた。

その夜、洪治は曜子さんを抱いた。

終わったあと洪治の胸の中で彼女はしばらくくすくす笑ってから告白してくれた。

「あのプランター、私がお母さんに絶対買った方がいいってすすめたのよ。そりゃそうよね。今日のあれ、値札の三分の一にしちゃったんだもん」

⇦

普段とは別の道を通って来たため、曜子さんのマンションに着いたときにはとっくに七時を回っていた。一時間近くもかかったので身体が凍《こご》えきっていた。

二階の曜子さんの部屋のベランダを見上げると、明かりが灯っている。腹はすこしも減っていなかった。いつも沢山の料理をこしらえてくれているが、最近はあまり食がすすまなくなっていた。ダイエットだと言っているが、こうした曜子さんとの関係に倦《う》んできているためだと洪治は内心で思っている。

このマンションに越してきて三年になる、と曜子さんは言っていた。イイヅカで働きだしたのも三年前だと言っていたから、そのとき、思い切ってここを買ったにちがいない。それまではさすがにこの周辺には近づけなかったのだろう。

ここに来る途中、渋治は曜子さんの家の跡地を見に行ってきた。そのせいで時間を食ってしまったのだ。

アパートが建った跡地にはかつての印象はなかったが、それでも、大勢の人たちと一緒に遠巻きに燃え上がる炎を見つめていたあたりに立つと、あの晩の情景が脳裡《のうり》にまざまざと甦《よみがえ》ってきた。いままでなるだけ前を通らないようにしてきた場所だ。あの日のことをそうやって思い出すのが厭だった。ようやく消防隊が駆けつけ消火活動を始めたのは、すでに家屋全体に火が燃え広がり、手のつけようがなくなってからだった。その頃に集まってきた大半の野次馬たちはともかくも、渋治のようにたまたま近くを通りかかって、まだ半焼くらいの時点で現場に立ち会った人間たちは、誰もが彼と似たような気持ちをいまも引きずっていると思う。

火事を見たのは、生まれて初めてだったが、炎の想像を超えた狂暴さに渋治は圧倒された。惨事という言葉を文字通りに実感する恐ろしい光景だった。

渋治たちが目撃したことは、警察や消防署を通じて、帰国した曜子さんにも伝えられたはずだ。その事実を耳にしたときの曜子さんの衝撃は察するに余りある。たしかに彼女が在宅であれば少なくとも弟さんは命を落とさずに済んだかもしれない。それ以上に火事そのものを出さずにすんだのかもしれない。だが、そんなことは悔いてもいまさら詮《せん》ないことだ。そうでも思わないと、結局は何もできなかった洪治たちにしても胸に残るやましさをどうにも消化できなくなってしまう。

いまから五年前の九八年の七月十八日土曜日。まだ明るさの残る日暮れどき、洪治は数ヵ月ぶりに実家に帰るため、このすぐ近くの坂道を歩いていた。ちょうど坂を上りきって、日中はよく晴れていた空に目をやったとき、坂下の脇手のそう遠くない方角から黒煙がもうもうと立ちのぼっているのに気づいた。洪治はその煙にひきよせられるように全速力で坂を下った。そしてあの火事現場に遭遇したのだった。すでに高まった火勢にそばに近寄ることさえむずかしく、通りに出てきていた近所の住民数人と燃えさかる家屋を固唾《かたず》を呑《の》んで見つめるしかなかった。

たしかに一瞬の出来事だった。

いま思い返しても、猛煙を噴き上げる戸口から不意に飛び出してきた若い男性を洪治たちが引き止めることは、双方の距離からしてとても不可能だったと思う。だが、凄まじい火炎の中に再び飛び込んでいった男性の、唇を嚙みしめ、泣きだしそうなあの最後の瞬間の壮絶な表情は、忘れようとしてもとても忘れることなどできない。

自分があの火事を見ていたこと自体、洪治はいまも曜子さんに話していなかった。いつかは打ち明けようと思いながら今日まで果たせずにきた。

　曜子さんの弟さんが足の不自由な人だったと知ったのは、翌朝の新聞記事でだった。その記事を見たとき、渋治は自室に引き籠もって半日茫然自失の態《てい》で過ごした。

　曜子さんと関係ができて、これはどういうめぐりあわせだろうか、と渋治は思ったものだ。不思議な縁が二人のあいだには結ばれているのかもしれないと感じた時期もあった。だがいまでは、こんな関係がまともであるはずがないという気がしている。本来、曜子さんと付き合う資格など自分にあるわけがないし、だからこそ、一年近く付き合っても互いのあいだに深いつながりを実感させるものが欠けたままなのだろう。こんなことをつづけていても、曜子さんはますます気持ちを荒《すさ》ませていくばかりだ。さきほども跡地に立って、渋治はつくづくそう思った。

　玄関で出迎えてくれた曜子さんは、外出着のままだった。

「遅かったのね」

　と言いながら、手に持ったコートを羽織ると、上《あ》がり框《がまち》の手前で突っ立っている渋治を押し戻すようにして、一緒に外廊下に出てしまった。ドアに錠を下ろしながら、

「今日は久しぶりに外で食べましょう。私がおごるからさ」

　と言った。渋治は身体が冷えきっていたので億劫《おっくう》な気がしたが、曜子さんの強引さは

毎度のことなので何も異は唱えない。

　高架とは反対側の大きな通りに出て、曜子さんはタクシーを拾った。「大宮の駅あたりね」と運転手に告げると、シートにもたれて大きなため息をつく。いつも外食するときは大宮まで出ることになっていた。大宮なら人目にもつかないだろうとの配慮らしいが、渋治は馬鹿馬鹿しい用心だと思っている。外食と言っても大方焼き鳥屋か居酒屋で、曜子さんはひたすら飲みまくる。勘定も渋治が支払って、泥酔した彼女を連れ戻って眠るだけというのが常だった。

　案の定、いつもの「鳥幸」のテーブル席に座って、生ビールで乾杯となった。

　曜子さんはジョッキを一気に飲み干す。もう慣れてしまったが、最初はその飲みっぷりに不気味なものを覚えたくらいだった。さっさとおかわりを注文し、二杯目に口をつけてジョッキを置いたところで、

「私、会社クビになっちゃったよ」

　突然、曜子さんが言った。

　渋治はびっくりして「えっ」と声を上げた。

「別に渋治君にはぜーんぜん関係ないことだけどね」

　笑っている。「で、どう。毎日走ってる?」と身を乗り出すようにする。だが、聞き

流せるような話でもないし、ここで話題を変えでもしようものなら、あとから酔いにまかせてねちねち絡まれるのは分かりきったことなので、洪治は少し口調を改めて言った。

「クビってどういうことなの」

相手はたちまち思わせぶりな表情になった。二杯目をぐいぐい呷《あお》っている。

「だから、クビって、一体どうしてそんなことになるんだよ」

「知らないわよ、そんなの」

曜子さんとの近頃の会話は、一事が万事この調子だった。

「あの店、もしかして潰《つぶ》れるのか」

このくらいの誘い水は出さないと、言いだしたのは向こうにもかかわらず話に乗ってこない。これだから頭のいい女は面倒なのだ、と洪治は思う。

「そうらしいわ。私も一昨日本社に呼び出されて、寝耳に水とはこのことって感じよ」

「それで」

「それでって、それだけよ」

「だから、何で曜子さんがクビになっちゃうんだよ。別に会社自体が潰れるわけじゃないだろ。あの店が整理されるってことなわけでしょ」

ハロディ・イイヅカは初代のオーナーが手放したあと、大手スーパー・チェーンの傘下に入っていた。そのスーパー・チェーンが近年の業績悪化でカナダ資本のチェーン・ストアに買収されたのは二年前のことだ。曜子さんはもともと監査法人時代にスーパー・チェーンを担当していて、イイヅカへの就職にはそのときのコネクションを使ったようだった。イイヅカは店長は兼任で常駐しておらず、実質的な差配は店長代理・販売課長の曜子さんに任されていた。

「そうだけど、私もどうやらお払い箱って感じなのよ」

今夜は洪治の勘が冴えていたこともあり、曜子さんはやっとまともに返事しはじめた。

「でも、はっきりクビだって言われたわけじゃないでしょ。別の店に配置換えになるだけじゃないの」

「いやよ、そんなの。自慢じゃないけどね、あの店、私が来てからやっと立ち直ってきてるのよ。売上だってこの三年で相当伸ばしたし、この四半期はようやく黒の数字出したんだからね。それを勝手に潰されたんじゃ、こっちだって腹の虫がおさまらないわよ。潰すなんて、私は絶対に認めない。部外者の洪治君に私の気持ちなんか分かってたまるもんですか」

ビールからグレープフルーツ・サワーに切り換えて、相変わらずすごいピッチで飲んでいる。

「そりゃ、そうかもしれないけど。でも時代の流れってのもあるよ。来年には国道沿いにジャスコが進出してくるって噂もあるでしょ。そういうのも計算しての撤退なんじゃないの」

これだけ不況が長引けば不採算店舗ならずとも、業容の規模縮小はやむを得ないところだろう。現に渋治が勤めていた会社も、いまや五千億を超える有利子負債を抱えて倒産寸前という状況なのだ。

「なによ、あなたあんな本社の肩もつわけ」

「そんなこと言ってないだろ。気持ちは気持ちとして、とにかくもう少しさ」

「もう少しって何よ」

「いや、だから、短気は損気ってことだよ。曜子さんの手腕は本社も分かってるにちがいないし、クビなんてことにはならないよ」

「ふーん」

曜子さんは、渋治の身体を見回し、

「あなたなんかにそんなもっともらしいこと言われたくないよ。何にもしてないお気楽プーのくせして」

と言った。渋治が黙り込むと、さすがに気が咎《とが》めたのか、皿の串を一本とって突き出してくる。

「ほらっ、レバーは全部洪治君のなんだから」

受け取って洪治はレバーを頬張る。

「あーあ。もういやになっちゃったなあ。なあんにもいいことなんてないんだから。どんなに我慢して頑張って生きてたって、きっともうどうにもならないんだよね」

洪治はその言葉を頭の中で反芻《はんすう》し、さっき家を出てくるとき、自分もまったく同じ台詞《せりふ》を呟いたことを思い出していた。

⇧

今夜の曜子さんはまたたく間に酔っ払ってしまった。

十時前には店を出て、勘定もめずらしく彼女が自分で支払った。といっても足元は覚《おぼ》束《つか》ないし、言葉の呂律《ろれつ》も十二分に怪しくはなっていた。

マンションに帰り着いたのは十時半頃で、タクシーの中で急速に酔いが回ったのか、車を降りる段になるとほぼ前後不覚の態だった。脇を抱えて階段を上がり、コートのポケットから鍵を抜いて部屋のドアを開ける。曜子さんは意識があるやらないやら、いつもながら唸《うな》っているばかりだった。彼女が洪治の言うことを素直にきいてくれるのは、こうして酔いつぶれる直前に限られている。

エアコンをかけ、手早く服を脱がせて愛用のトレーナーとイージーパンツに着替えさせると洪治は曜子さんを抱いて寝室に行きベッドに寝かせた。酔いのピークなのか眉間に皺を寄せ、苦しそうな表情で幾度か寝返りを打っている。

「冷たい水でも持ってこようか」

訊くと目を閉じたまま首を横に振った。

部屋の明かりを落とし、キッチンに入ると、洪治は冷蔵庫から缶入りウーロン茶を取り出し、その場で一息に飲み干した。酒で火照《ほて》った身体に冷えた液体が沁《し》み透っていく。居間と寝室との間仕切りを締め、ソファに座り込んだ。

今日限りでここに来るのはもうやめよう、と心に決めていたのだが、騒々しい店ではまともな話もできなかったし、今夜の彼女はイイヅカ閉店の件でかなり参ってもいるようだった。とても切り出せずに、またこんな成り行きになってしまった。

しばらく寝かせてから起こし、ちゃんと話そうかとも思うが、あの酔い方では三、四時間は無理だろう。

とりあえずこのまま引きあげるしかなさそうだ。

洪治はがらんとした室内を見回した。キッチンカウンターの向かいに小さなテーブルが置かれ、ドアの横に電話台があり、その隣に大きなスライド式の本棚が並ぶ。窓際に21型のビデオインテレビがあって、あとは八畳敷のグレーのカーペットの上にこのソファが乗っているだけだ。そして壁には、ありきたりのヨーロッパの風景が印刷されたイヅカのカレンダー。味気なくおよそ女性らしさのない部屋だった。本棚の中身も前面は実用書の類がほとんどで、奥は彼女が好きだと言っていたギリシャ・ローマ神話の本や小説の古い文庫本などがびっしり詰まっていた。

この家で場違いに立派なのは玄関脇の和室に置かれた仏壇ひとつきりだった。

毎日早朝に出勤し、水曜日の早番以外は土日もなく曜子さんは閉店時間の午後九時まで働いている。店を閉めたあとも帳簿の整理や何やらで、帰宅はいつも十一時を過ぎると言っていた。食事は昼は調理部の人たちと一緒にまかないを食べ、夜も、水曜日以外は店の残り物の惣菜で簡単に済ませているようだ。

そんな侘《わび》しい暮らしを、この三年間ずっと続けてきたのだ。

そう思えば、自分と共に週に一度食べる夕食は、こちらが考えている以上に彼女にとって大切なものだったのかもしれない。まして、そうやって休みなく働き詰めて何とか立ち直り始めた店を突然潰されてしまうのは、これもこちらが想像する以上に曜子さんにとっては痛手なのではなかろうか。

洪治は立ち上がった。時計を見ると十一時半になっている。外は冷え込んでいるだろう。いまから歩いて帰るのは面倒だが、さりとてソファでうたた寝というのもこの寒さでは風邪の因《もと》だ。寝室から物音は聞こえない。彼女はぐっすり眠っているようだ。

電話台のメモ用紙を一枚破って、「帰ります。鍵は郵便受けに入れておきます」と書いてテーブルの上に載せると、洪治は居間の明かりを落して玄関まで来た。そこでふと横の和室を見る。日頃は閉まっている襖《ふすま》がわずかに開いていた。

そういえば、このところ線香も上げなくなっていたな、と洪治は思う。昨年の七月の命日に切り花と安い供物を持参したきりではなかったか。それにしたって曜子さんは嬉しそうな風でもなく、むしろ余計なことをという雰囲気すらあった。

おまいりしなくなったのはそれからのような気がする。

これが最後かもしれない。何となくそんな気がして、洪治は履きかけの靴を脱ぎ、襖を引いて和室に入った。天井の蛍光灯を灯し、まだ新しい仏壇の前に正座した。

お母さんと弟さんの遺影が位牌《いはい》の前に並んでいた。

母親の笑顔の写真は若々しい。弟さんの方は幼さを残していると言ってもいいくらいだ。彼は人の好さそうな繊細な笑みを浮かべていた。誰かに似ている、と洪治は思った。

そういえば、あの詩集に載っていた八木重吉にどことなく面差しが似ていなくもなかった。

その顔と、二階に取り残された母親を救うために再度火の中に戻っていった最後の瞬間の彼の顔とを、知らず頭の中で洪治は重ね合わせてしまう。この人はこの顔ではなく、あの顔で死んでいったのだ、と思うと胸が引き絞られるようだ。

十九歳だったという。いまの自分より十年も早く、彼は死んだ。

どんなに我慢して頑張って生きたって、きっともうどうにもならないんだよね——曜子さんの言葉が耳朶《じだ》に甦ってくる。彼女は毎朝毎晩この二人の笑顔に掌を合わせながら、その思いを嚙みしめつづけて生きてきたにちがいない。

洪治は和室を出ると、寝室に戻った。微かな寝息を立てて曜子さんは眠っている。隣にすべり込んだ途端、自然に洪治の懐に身を寄せてくる。しっかりと抱きとめて洪治も目を閉じた。

⇦

遠くで小さな水音が聞こえる。仄かな明かりも射してきたようだ。

間仕切りの戸が開いて誰かが側に寄ってきた。誰だろう。

「あなたも、飲む?」

鼻先にコップを摑んだ手が伸びてくる。半眼のまま洪治は上体を起こし、渡された水を飲んだ。

「いま何時?」

曜子さんの姿がはっきり見えてきた。

「三時くらいかな」

空のコップを受け取りナイトテーブルに置くと、曜子さんは居間の明かりを消して間仕切りを締め、再びベッドに入ってきた。暗闇と寒さに促されるように洪治もまた横になる。

しばらくの沈黙があった。

「起きてるの」

先に訊いたのは洪治だった。

曜子さんは答えない。が、眠っていないのは分かる。

ずいぶんの間があった。

「私さあ……」

かすれたような声だった。

「あの日、仕事でニューヨークに行ってたわけじゃなかったんだ」

唾を呑み込む音がした。

「あの日、って分かるよね？」

渋治は無言で頷いた。

曜子さんが「あの日」のことを口にするのはこれが初めてだった。

一度深い吐息をついて、曜子さんは語り始めた。

「当時、不倫していた人がいてね、これがアル中のヤク中でどうしようもない人だったんだけど、その人、新聞記者やってて、きっと心底イヤになったんだろうね、奥さんのことも私とのことも。それで何にも言わずに会社辞めて、通信社に仕事見つけてアメリカに逃げちゃったのよ。私はこんな性格だからカッと頭に血がのぼって、会社に休暇届いきなり出して、ニューヨークまで追いかけて行った。結局、みじめな思いをしただけで、二日目にはもう彼のアパート飛び出してさ、暑い暑いニューヨークの街をはっつき歩いてた。それで、あの火事が起きたときも、会社も親しかった友達も、その彼でさえ私の居場所が分からなくて、私が知ったのは、母さんや弟が死んで二日もたってからだった。戻ってみたら、叔父や叔母の手で二人ともお骨になってた。とても見せられるような姿じゃなかったからだって。帰りの飛行機の中でね、このまま発狂するんじゃないかと思ったよ。私はほんとに何やってたんだろうって。自分のことばっかり考えて、ちょっと頭が良かったからって小さい頃からいい気になって、母さんや弟のことは全部自分で引き受けるしかないんだって勝手に粋《いき》がって、そのくせ、あの人たちには何にもしてあげなかった。消防署でも出火の原因はとうとう特定できずじまいだったけど、火元は二階だったし、きっと母さんがお灯明《とうみよう》上げてて、それが何かに引火したんだと思う。父が早くに死んで、しかも弟まで交通事故で足が不自由になって、母さんはすっかり気弱になって毎日お題目唱えてばかりいたから」

曜子さんは淡々とした口調でそこまで話すと、再び黙り込んだ。

渋治は、何か言わねばと思ったが、なかなか言葉が見つからなかった。見え透いていても嘘でもいい、こういうときは慰めの言葉をかけてやらなくては……。が、どうにも口をついて出てこない。

別に曜子さんが悪かったわけじゃない――果たしてそうだろうか。仕方がないことだったじゃないか――果たしてそうだろうか。いまさらどうしようもないじゃないか――これはたしかにそうだ。運が悪かったんだ――これもたしかにそうだ。思い切って全部忘れてしまえばいい――そうかもしれない。

つまりは「いまさらどうしようもないことだし、曜子さんは運が悪かっただけなんだから、一刻も早く忘れてしまうことだよ」としか言いようがない。だが、こんな台詞を口にしていいはずもなかった。

「ほんとにさ」

不意に曜子さんが言った。

「私、もうダメだよ。ほんとにもうダメだと思う」

ここでようやく渋治は思い当たった。こういうとき、人は誰かの格別の言葉を求めているわけではないのだ。

「ダメなのは、俺もおんなじだよ」

必要なのは共感と同意だけだろう、そう思うと気が少し楽になった。

「俺だってもう何にもすることがないし、何にもしたいと思わない」

空気はしんしんと冷え、闇は沈黙に満たされて濃度を増していた。

「ねえ、死にましょう」

凍えた空気を震わせるように曜子さんが言った。

「私、もうそうするしかないよ」

渋治はさして驚くでもなく、その言葉をはっきりと耳にとめた。

「生きていたってしょうがないよ」

無言のまま渋治は、どういうわけかさきほど見た仏壇の中の遺影を脳裡に浮かべていた。生きていたってしょうがないし、死んでしまったってしょうがない。そんな気がした。どうせこの世界には嘘も真実もどこにもありはしないのだ。

曜子さんがゆっくりと起き上がった。ベッドを離れ、明かりを灯す。突然の光に目が眩《くら》んだ。曜子さんは足音を立てて寝室を出ていった。渋治も慌てて身を起こした。追いかけようと立ち上がったところで、隣の部屋から物音が聞こえてきた。クロゼットの扉を開く音、抽出《ひきだ》しを引く音、何か探しものでもしている気配だ。

ベッドに腰を落として待ち設けていると、曜子さんが戻ってきた。手に大きな箱を持っている。

曜子さんもベッドに上がってきて胡座《あぐら》を組む。そして、二人のあいだに箱を置いた。大きなクリーム色のクッキーの缶だ。「Dry cake WEST」と記されている。渋治に一瞥《いちべつ》をくれたあと曜子さんがその蓋を開けた。中からごっそりと様々な色のタブレットシートが出てきた。渋治はその薬の量に思わず目を見張る。

「すごいでしょう」

「どうしたの、これ」

曜子さんはシートを抜いては、シーツの上に薬を一錠一錠押し出しはじめた。

「その彼がいっつも睡眠薬とか抗鬱剤とか飲み流してたから、私、頭にきて取り上げてたのよ。といって捨てるわけにもいかないしね。こっそり保管してたらこれだけの量になっちゃったの」

「じゃあ、これ全部睡眠薬なの」

「だから、たぶん抗鬱剤とかトランキライザーとかも混ざってると思うよ。どれがどれだか私には見分けつかないけど」

みるみるうちに薬の山ができていく。途中から洪治もシートを取り上げて作業に協力した。全部取り出すのにかなりの時間を要した。

片掌で包み込めないくらいの錠剤の小山が完成してしまった。

二人ともしばしその小山に見入っていた。

「だけど……」

見入ったまま洪治が呟く。

「こんなもんでほんとに死ねるのかな」

「たぶんね」

曜子さんが答える。

「彼が一度言ってた。俺が飲んでるのはバルビツール系だから自殺にも使えるんだって」

手をのばして中の一錠をつまみあげると、

「たしか、これなんて太宰治が飲んだのと同じ種類の薬だって言ってた気がする」

「へえー」

洪治も一粒つまんで目の前にかざしてみる。何の変哲もない白い錠剤だ。

「ねえ、お酒ある？　日本酒がいいんだけど」

言うと、曜子さんは顔を上げて怪訝《けげん》そうな表情で洪治を見た。

「あるけど」

「持ってきてくれない。ついでにコップもね」

「洪治君、詳しいんだね」

曜子さんはぽつりと言うと、ベッドを降り、キッチンの方へ行った。洪治はさっそくつまんでいた一錠を口に入れてみる。舌の上で転がすとわずかな苦みが口内に広がった。

一升瓶を抱えて曜子さんが戻ってきた。

「こりゃ、苦いね」

洪治が笑うと、曜子さんも幽《かす》かな笑みを口許に浮かべる。

コップを受け取って、「たっぷりね」と差し出す。立ったまま彼女が酒を注いでくれた。洪治は一息で飲み干した。胃袋に熱い固まりがなだれ込んでくる。再びコップを差し出して「もう一杯」と催促すると、今度は半分ほどしか入れないので「どうしたの」と洪治は言う。曜子さんは、いやに神妙な面持ちで注ぎ足してくれた。それも洪治は一度に飲み干してみせた。

　曜子さんが一升瓶を胸に抱いてベッドに乗った。その震動で薬の山が一部崩れてしまった。

「あらら」

　洪治は素っ頓狂な声を上げる。やにわにカーッと身体中の毛穴が一斉に開くような感覚が襲ってきた。もう薬が回ってきたのだろうか。たった一錠でまさか、と思うが、なぜだかぐんぐん気分が軽くなっていくのが分かる。経験したことのない奇妙な解放感だ。

　向かいあって座った曜子さんは、崩れたところから五錠ばかり手に掬《すく》うと、一度じっと掌の上の薬を眺めたあと目をつぶって口に放り込んだ。そして一升瓶を持ち上げて、ラッパ飲みで酒を喉に流し込んだ。

　その姿が余りに滑稽に見えて、洪治が大声で「やるねー」とからかうと、大きく息をついて曜子さんは困ったような顔をする。

洪治は山のてっぺんに手を入れてごっそりと薬を摑み取った。思い切って全部くわえる。幾粒かが口許からこぼれてぱらぱらと下に落ちた。かまわず曜子さんの手から一升瓶を奪い取って、自分も瓶の口から酒を飲んだ。薬と一緒くたになって溢れそうになる。丹田《たんでん》に力を込めて、一気に飲み下した。

しばらくすると、脳味噌に焼けた杭《くい》を突っ込まれたような激しい衝撃が来た。ぐらっと身体が揺れた。唇を嚙んで俯《うつむ》き、ぐっと我慢して時間を見送る。

ふと顔を上げると、

「何がそんなに可笑《おか》しいの」

曜子さんはなぜか哀しそうな表情をしていた。すでに洪治には自分が笑っているという自覚がなくなっていた。

「すごい、すごい」

大声だ。自分が言っているのだろうか、曜子さんだろうか、と不思議な気がした。

一升瓶を支えにして、薬の山に再度手をのばした。手元があやふやだが、薬をわしづかみして口に押し込む。今度は嚙み砕いてみる。強烈な苦みが鼻腔まで押し寄せて、慌ててまた酒で流し込んだ。

部屋がぐるぐると回転を始めている。目の前の曜子さんが、路上に落とした小銭を集めるようないじましい姿で散らばった薬を拾おうとしているのが見える。しかし、それは実に遠く、かつスローモーだった。

　のんびりゆるゆると時間が流れている、と渋治は思う。ああ、ようやく自分の時間を取り戻したのだ、と泣きたいような安心感が膜となって意識を覆っている。

　かしてちょうだい、かしてちょうだい、かしてかしてかしてちょうだい——顔を歪めた曜子さんがしきりに哀願しているようだ。だが、まるで水の中にでもいるように身も心も浮遊してしまい、音も色も形も厚ぼったく腫脹《しゅちょう》して、およそ現実感がない。

「かしてかしてかしてちょうだい」

　渋治はまるで摑みかかるように眼前にのびてきた彼女の両腕を邪険に払いのけ、三分の一ほどになった薬の山にまた手を入れた。もう何がどうなっているのか判然としない。唇に触れる粒々をひたすら飲み込む。口から何かがしきりに零《こぼ》れている。嘔吐しているのかとも思うが濡れた感触もなければ悪臭もなく、不快さも皆無だった。

　一升瓶が手に張りついて離れない。

　持ち上げて、硝子の肌をそっと頰に当ててみた。

　冷たくてなんて気持ちがいいのだろう。

⇧

三階にある病室の窓から裏の土手を眺めていると、若草が一面に広がった中、側道沿いの一角に黄色い花の群れがあることに、洪治はこのあいだ気づいた。一度、お茶を交換にきてくれたおばさんに、「あの花はなんですか」と訊ねたら、「ああ、あれはたぶん福寿草ですよ。このところ急にあったかくなったから咲いたんだね。天気のいい日は、ああやって花がぱあっと開くからきれいなんですよねえ」と親切に教えてくれた。

今日は朝から素晴らしい陽気で、起きてすぐに覗いてみると、なおさらに見事な黄色の一群が春光の下で、新緑に明るく映《は》えていた。

一昨日には立てるようになり、昨夜はベッドの周りを一周することができた。最初はやけに悲観的な面持ちだった理学療法士の佐伯さんも、洪治の急速な回復ぶりに、「この分だとあと半月もすれば元通り歩けるようになりますよ」と昨日はさすがに驚いた様子だった。

洪治が目を覚まして、まだ十日目だった。

一月二十三日の明け方にこの病院に担ぎ込まれ、そのときはすでに意識もほとんどな

く呼吸停止に近い状態だったという。主治医の金田先生は、

「普通なら絶対に助からないケースだったんだ。きみはよほど生命力が強いんだろう。別にきみが頑張ったわけじゃない。きみの身体があくまでもきみに逆らってくれたおかげで命を拾ったんだ。もう二度と自分の命を粗末にしないことだな」

と言っていた。

稔の説明によると、救命救急の措置で最初の呼吸停止状態を脱したあとも、この病室に移って五日目に再び急激な血圧降下が起きて、二度目の呼吸停止があったらしい。金田先生や医療スタッフたちの懸命の蘇生術《そせいじゅつ》でなんとか自力呼吸を回復し、ようやく容体が少しずつ安定しはじめたのだという。

それでも深昏睡がつづき、意識レベルがまったく上がらぬままに一ヵ月が経過した時点で、もはや望みが薄いのではないか、との判断に医師団も傾いたのだそうだ。

それが、三月十九日の深夜、実に五十六日目にして洪治が意識を取り戻したものだから、家族も稔も医師や看護婦さんたちも半ば奇跡を見るような目で彼の生還を出迎えたのだった。

だが、当の洪治にはそんな自覚はまったくなかった。目を開けたときは自分がどこにいるのかも分からなかったし、まさか二ヵ月近くも眠りつづけていたなどとは信じがた

かった。あの晩、曜子さんの部屋で薬を飲んだことは覚えていても、細部については断片的なままでなかなか思い出すことができなかった。いまでも、薬を飲んでこの病院に運び込まれるまでのことは真っ白なままだ。救急車の中では、もがき苦しみながらも、救急隊員の問いに名前や年齢は答えていたそうだが、洪治の記憶にはその欠片《かけら》も残っていなかった。

十九日の深夜に一度目覚め、駆けつけた金田医師の簡単な診察を受けたあと、洪治はまた眠った。翌朝起きたときには、すっかり元気になっていた。中心静脈栄養のカテーテルは胸に入っていたが、導尿管はすぐに抜いてもらい、トイレにも自分で立って行こうとした。

ベッドから降りてスリッパに足を入れ、膝を伸ばしたところで両足にまったく力が入らないことに気づいたのだった。

先生からは「呼吸停止の際の脳の虚血によって何らかの中枢神経障害が生じた後遺症だから、両足の麻痺はおそらく最後まで残るだろう」と言われた。しかし、洪治には、この足は早晩元通りに回復することがよく分かっていた。腰の感覚もしっかりしていたし、足首やつま先にもさしたる痺《しび》れはなかった。長いあいだ寝たきりだったために筋力が落ち、一時的に関節が固まっているだけに過ぎないことは、かつて膝の故障で悩んだ経験からも間違いのないところだった。だから、彼はそんな診断を告げられても心配などしなかったのだ。案の定、数日のリハビリで足の状態はみるみるよくなってきている。この分なら半月といわず、あと四、五日で普通に歩けるようになるだろう。

曜子さんは毎日来てくれていた。

個室でもあり、この病院が比較的甘いこともあろうが、経緯が経緯ということが多分にあっての配慮なのだろう、曜子さんは早朝、昼間、そして仕事が終わってからと一日三回、朝と夜は面会時間外にもかかわらず必ずやって来る。稔の話によれば、彼女の場合は飲んだ薬の量も少なく、胃洗浄と輸液、それに下剤の投与で症状は消え、一日きりの入院で退院できたようだ。以来この二ヵ月、毎日ここに通い詰めている。

救急車を呼んだのも曜子さんだった。稔の携帯に連絡があったのはその救急車の中からだったらしく、取るものも取りあえず病院に急行すると、曜子さんの方は一通りの処置も終わり、点滴はつづいていたものの意識ははっきりしていたという。

曜子さんが無事だったことが洪治にとっては何よりの救いだった。意識が戻ってすぐに看護婦さんに確かめたのも当然ながらそのことだった。

彼女と再会したのは、目が覚めた翌日の昼間だ。早朝、父と母がやって来て、

「もう二度とこんな馬鹿なことはするな」

しかめ面の父がぶっきらぼうに言い、母はひとしきり泣いた。

父は一時間もいないで会社に向かい、母も午前中いっぱい病室にいて「夕方おいしいものを作ってまた来るから」と言い置いて帰って行った。ちょうどその直後に曜子さんはやって来た。

カーテンを引いて顔をのぞかせた曜子さんと目が合った瞬間、彼女はその場に立ち止まり、形容しがたい表情になった。洪治の方も、その姿を見て、胸にこみ上げてくるものがあった。曜子さんはゆっくりとベッドサイドに歩みよると、さっきまで母が腰掛けていた丸座のパイプ椅子に座り込み、まじまじと洪治の顔を見つめた。

「ごめんなさい」

上擦《うわず》ったような声で曜子さんは言った。

「洪治君、ほんとうにごめんなさい。私、一生をかけてあなたに償いをするつもりです」

深々と頭を下げる。

「別に曜子さんが悪かったわけじゃないよ」

洪治は呟くように言った。

「それより曜子さんが無事でよかった。謝らなきゃいけないのは俺の方だよ」

彼女のずいぶん痩せた面差しを見た途端、渋治は本心でそう感じたのだった。昨夜、曜子さんが助かったと知って、渋治は心から自分も生き残ってよかったと思った。もし彼女を置き去りにして死んでしまっていたならどれほどの傷を与えたことだろう、と空恐ろしくなった。薬を一錠口に入れたときから、いや、そのずっと前から、結局自分は彼女のことなど何も考えてはいなかったのだ。よくは思い出せないが、自分はこれっぽちの斟酌《しんしゃく》もせずに、酔いにまかせて薬を飲みに飲んだ気がする。

突然、曜子さんが泣き崩れた。

「ごめんなさい、ほんとうにごめんなさい。私は自分のことばっかり考えて、あなたのことを何にも分かってあげられなかった。あんなに後悔してたのに、また同じことをしてしまった」

ベッドに突っ伏して彼女は全身を震わせて泣いた。

渋治は唖然とした思いで、その痩せた背中を見つめた。

昼食をきれいに平らげて、渋治はベッドの周りを歩いた。昨日よりさらに足の具合は良くなっていた。ゆっくり三周して、寝ころぶと腰を浮かせて膝の屈伸を行なう。この二ヵ月で全身の筋肉がごっそり削《そ》がれていた。首、腕、腹、どこも呆れるほど力が入らない。歩行はともかくも、走れるようになるまでには意外に時間がかかるだろう。退院したら、なまっちょろいリハビリ・メニューなどやめて、自分なりのトレーニング・プログラムを早々に組み立てねばと渋治は考えていた。

　今日は外に出てみるつもりだった。一時になったら看護助手の女の子が車椅子を用意して来てくれることになっていた。朝の検温のときに看護婦さんに頼み、先生の了解も出たとさきほど知らせを受けた。毎日窓から眺めている、あの土手に連れていってもらう手筈になっている。

　足を下ろして、軽い腹筋を始めながら、渋治は曜子さんのことを考えた。

　後遺症のせいで歩行が不自由になるかもしれない、と医師に告げられたときの彼女の取り乱しようはひどかった。弟さんのこととだぶらせてしまったのも無理はないし、自分を責めてしまうのもやむを得ないと思えるが、その動揺ぶりは度を超えた有り様で、何度渋治が心配しなくていいと言っても、

「渋治君のことは一生、私が面倒を見る」

　と言い張ってきかなくなった。

　以来、ずっと彼女はそう言いつづけているが、渋治にすれば気が重いばかりだ。二ヵ月間意識不明だったといっても、いまはこうして日に日に元気になっているのだし、何もそこまで思い詰める必要があるとは思えない。嫌がる渋治の口に彼女が腕ずくで薬を

押し込んだわけでもない。あれはあくまで渋治が勝手にやったことだった。

そのときの様子で、渋治は何かひっかかるものを感じた。そこで、五日ほど前に稔にそれとなく訊ねてみて、曜子さんがそんな台詞まで口にしてしまう原因がようやく分かった。

要するに彼女は大きな勘違いをしているのだった。

渋治が眠っているあいだも、しきりに渋治の両親や稔にまで告げていたらしいが、彼女は、渋治が彼女に薬を飲ませないために、あれだけの薬を一人で飲んだのだと思い込んでいるらしかった。

「渋治さんは、私を助けようと思って薬を飲んだだけなんです。何もかも私が悪かったんです」

病院に入ったその日から、彼女は泣きながらそう繰り返していたという。

渋治はその話を聞いてすべてが腑に落ちた気がした。

曜子さんは、渋治を道連れにしようとしたことを悔やむ以上に、彼のことを命の恩人だと錯覚しているのだ。

だが正直なところ、幾ら思い出してみても、あのとき渋治は別に曜子さんを助けるために大量の薬を飲んだわけではなかった。酒とともに流し込んだ最初の一錠であっという間に酩酊《めいてい》して、訳も分からずに次々飲んだだけだ。

むろんそのことはすぐに曜子さんに包み隠さず話してきかせた。

「でも、あなたは薬を飲もうとする私の手を何度も払いのけて、私に飲ませないようにしたのよ。しまいには私を突き飛ばして、あれだけの薬をほとんど一人で飲んでしまったんだから」

その辺の細かい記憶はなかったが、渋治が感触として覚えている限り、意識が混濁する直前に曜子さんの腕を払いのけたのは、単に彼女が渋治の抱えていた一升瓶をひったくろうとしたことに抵抗しただけだったような気がする。

しかし、どれだけ言葉を継ぎ足しても曜子さんは、頑として自説を曲げなかった。あげく、意地にでもなったかのように、

「あなたのことは、これから全部私が面倒を見ます」

と、ますます言い募るのだった。

⇦

今日と明日は来ることができない、と昨夜、帰り際に曜子さんが言い残していった。

仕事の方も相当に忙しそうに見える。この土日の二日間は急な出張が入ったということだ。母から聞いた話では、いよいよイイヅカも来月いっぱいで閉店で、すでに閉店セールも始まっているらしい。きっと残務整理に追われているのだろう。その後の彼女の身の振り方がどう決まっているのか、渋治はあえて聞いていない。もともと二人がああいうことになったのもイイヅカの閉店話が発端だった。あの店のことについては触れる気にならなかった。母もこの事があってからすぐにパートを辞めたので、曜子さんのあれこれについてはまったく知らないようだった。

むろん母は今でも曜子さんを許してはいないにちがいなかった。それでも文句の一つもこぼさないのは、やはり、ただならぬ事件を引き起こした二人をこれ以上刺戟したくないとの配慮を働かせているからだろう。そのかわり、アリバイ作りに加担していた稔に向かっては、こっぴどく叱りつけたようだ。稔が「あれには参ったよ」と苦笑していた。

曜子さんが来ない、と思うと渋治は今朝から気分が軽かった。一刻も早く退院して、彼女をこの異常な状態から解放してやりたいと思う。が、反面で自分もあのような辟易《へきえき》する情熱から早く自由になりたかった。

一応は歴《れつき》とした心中未遂ではあるが、その言葉の与える印象と自分たちの実際とは大きく異なるし、惚れ抜いた同士がのっぴきならない事情を抱えて、というのならともかく、自分と彼女との場合は、およそそんな切実な関係ではなかったと渋治は思う。むしろそうした切実さがなかったからこそ、あんな突飛な状況で、こんな半端な不始末をしでかしてしまったのだ。そんな二人が未遂後もこうやって付き合いを重ねているというのは、幕が降りたあともつまらぬ三文芝居を演じつづけているようで、それこそ不自然なことだという気がする。現に死にかけたとはいえ、曜子さんの生来の強引さは変わってはいないし、自分だって何が変わったというわけでもない。

勤めを辞めたとき、五年もあればどんな人間にだって一つや二つ何かのチャンスが舞い込むにちがいないと渋治は思っていた。その結末がこんなものだったというのは、いかにも浅薄な自分らしいと彼はいま痛切に感じていた。

どうしても生きないではすまないような、生きるしかないような、そういう切羽詰まった理由を見つけてから再び社会に出よう、などと甘ったるく考えていたが、今回のことで渋治が身に沁みたのは、どうしても死なないではすまないような、死ぬしかないような切羽詰まった理由でもなければ、人は生きつづけるしかない、ということだった。

所詮、生きるとはそんなものなのだろう。

「こんにちはー」と朗《ほが》らかな声がして、看護助手の大町さんが車椅子を押して部屋に入ってきた。もうそんな時間か、と渋治はすこしびっくりする。ついいましがた昼飯を食べ終えたばかりだというのに。棚の上の時計を見るとちょうど一時だった。目覚めてから、日を追うごとに時間の流れが速くなっているような気がする。

そういえば、と渋治はふと懐かしくなることがある。

薬を飲んで意識を失う直前のことだ。あのとき自分は実に緩慢《かんまん》にたゆたう時間の流れの中に身を遊ばせていたのではなかったか。あの何とも言えない甘美な心地よさだけは、渋治の身体に忘れがたい余韻を強く残していた。

大町さんが「規則なんです」と言うので、仕方なく病室から車椅子に乗って、そのまま病院の外に出た。

ここに来て、初めて触れる外気だ。

太陽は空高く輝き、見渡す風景は春の光に溢れていた。狭い病室から抜け出し、広々とした空間に迎えられて、五感のすべてが存分に開放されていくのが分かる。車椅子はエントランスを抜けると、駐車場に沿ってゆるい坂になっている遊歩道を静かに進んだ。新築らしい外来病棟の脇を回り込み、それでも十分足らずで敷地裏の土手の手前まで来た。病院全体がなだらかな丘の上にあるので、土手の岸とその先に広がる畑地が一望に見通せた。

眼前一面の緑野だった。

土手からは畑地に向かって幾筋かの道がのびていた。畑と土手を隔《へだ》てる細い農業用水路のところどころには小さな板橋が架かっている。

洪治は景色の左手に目をやった。側道の一隅にお目当ての福寿草の群生があった。

「あのあたりまでお願いします」

黄色い花々の方を指し示すと、

「わー、きれいですね」

大町さんが声を上げる。

それからまた十分ばかり丘を下った。乾いた道は舗装されていないし、道際の雑草にときどき車輪を取られて大町さんはちょっと大変そうだった。途中何度か「僕、降りましょうか」と訊ねたが、「大丈夫です」と気張った感じの声が返ってきた。洪治は諦めて、目の前の風景を満喫することにした。

病室にいるときにはいまひとつ実感がなかったが、たしかに春だった。眠っていた五十六日間という時日の長さがようやく身に迫ってくる気がした。俺は冬を飛び越えてしまったんだなあ、そう考えると何やらおかしくなる。一生でそんなことは、これが最初で最後だろう。

群生は道を逸《そ》れて二メートルほど行ったゆるやかな斜面にあった。間近に見ると予想した以上の大きさで、新緑の根元の枯れた草々の隙間に幾つもの福寿草が茎をのばし花を咲き揃わせていた。病院のおばさんが言っていた通り、花は、澄みさった陽光を受けて空に向かい大きく花弁を広げていた。それを支える灰緑色の葉と茎とのコントラストが、そのつややかなオレンジ・イエローをひときわ鮮やかなものにしている。

群生の上段の窪地に車椅子を据え、ストッパーをかけると、

「ほんとにきれいですねー」

大町さんは洪治の隣に立って言った。

「素晴らしいですね」

洪治も言う。

視界は開け、彼方《かなた》の空まで黄、緑、青の色の三層が順々に連なっている。しばらく二人で景色に見とれていた。

「もうすこし、ここにいたいんですけど、一時間くらいしたら迎えに来てもらえませんか」

腕時計に目をやった大町さんに、洪治は言った。

「そうですか」

彼女は渋治の経緯を知ってか知らずか、ためらう気配を見せる。

「こんなにいい天気だし、陽を浴びるのは久しぶりだから、もうちょっとこうしていたいんです。ほんとに気持ちがいいじゃないですか」

渋治が笑顔を作ると、

「そうですね」

大町さんも頷いた。

「じゃあ、一時間したら来ますね。ただし、勝手に車椅子を降りたりしないで下さいね。転んだりしたら大変だから」

「大丈夫ですよ。ここでじっとしてます。約束します」

渋治はグーサインを出してみせた。

大町さんがいなくなって、しばし身じろぎもせず光を浴びていた。それから、ゆっくりと渋治は車椅子から立ち上がった。ほんの数メートル先にある花畑にもっと近づきたかった。一歩踏み出すと草の感触がじわっと足元に伝わってくる。

自信を持って斜面を下りはじめた。もうすっかり大丈夫なのだ。

が、数歩も進まないところで、不意に膝が笑った。と思うや、あっという間に足をすべらせ、彼はもんどりうって倒れてしまったのだった。したたかに尻を打ちつけ、鋭い痛みが腰から背中へと突き上げる。声をあげて呻《うめ》いた。身体はそのまま斜面に横倒しになり、丈長い草むらに埋まった。急いで立ち上がろうとしたが、腰にすぐには力が入らない。寝返りを打って、洪治は草の中に仰向けになった。

寝ころがったまま大きく一度深呼吸する。痛みは徐々に薄れはじめていた。天上の空を見つめ、まあいいか、と呟いた。

一応身体を確かめる意味もあって上体だけは起こし、草地に座り込んだ。大したことはなさそうだ。

両足をマッサージしながら群生を眺める。

動かないでいると、微かな風が吹いているのが分かった。さやさやと福寿草が揺れていた。黄色の花はぴくぴくと愛らしく首を振っている。この花々もこうして健気《けなげ》に生きているのだなあ、と思った。そして遠く広がるあの空も、吹き渡るこの風も、こうしてみんな一つになって生きているのだ、と感じた。

その途端だった。

突然激しい感情が洪治の胸に湧き起こってきた。

渦巻く感情の波は、降り注ぐ明るい陽光にまるで力を得たようにぐんぐんぐんぐん高く、勢い強くなっていく。

俺は、どうしてあんな馬鹿なことをしてしまったんだ。

その波濤《はとう》の突端からしぶく飛沫を全身に被《かぶ》ったように、そしてようやくほんとうに目が覚めたかのように、渋治は深々とそう思った。

この世界にはたしかに嘘も真実もありはしないのかもしれない。しかしたとえそうだとしても、いや、そうだからこそ、自分がいまここにいるということのみが、ただ一つ確かなことではないのか。いかにそれが錯覚や幻覚であったとしても、それでも、これ以上に確かなものをこの世界で手に入れることは誰にもできやしないのではないか。

なんということだろう。この瞳に映るこの幻の青々とした空とこの幻の可憐な花々も、この肌に感ずるこの幻の柔らかな風とこの幻の太陽のあたたかさも、この鼻に香るこの幻の春のかぐわしい匂いも、すべてはこの幻の自分の中に溶け込んでこそ、かくも優しく美しいにちがいない。

ああ、俺はなんということをしてしまったのだろう。どんなに嘘でもどんなに幻であっても、自分には、それをこれほどの喜びとして感じとれる力があったというのに。生まれも境遇も生活も過去も一切を捨象してなおも残りつづける、これほどに確かな力が備わっていたというのに。

可哀そうだ、と渋治は思った。

あんなことをしてしまった自分はなんて可哀そうなのだろうと思った。さらに思った。曜子さんはなんて可哀そうなのだろう。あの人はきっといまでも死んでしまいたいのだ。だからあれほど一生懸命になって渋治に感謝しようとするのだ。他に生きるすべを見つけがたくて、生きる理由を見つけがたくて、たとえ嘘だと分かっていてもあの晩の渋治を信じようとしているのだ。そうするしかないのだ。彼女が生きるためには嘘も真実もどこにもあってはならないのだ。

みんなほんとうに可哀そうだぞ、と渋治は思った。

たった十九で死んだ弟さんが可哀そうだ。一緒に死んだお母さんが可哀そうだ。首を吊った先輩が可哀そうだ。二人の愛児を残して死んだ八木重吉が可哀そうだ。その子どもたちが可哀そうだ。夫も子も奪われてしまった重吉の奥さんが可哀そうだ。死んでいった特攻隊員たちが可哀そうだ。いまも戦争で死んでいっている人たちが可哀そうだ。誰も彼もみさかいなく可哀そうだ。

可哀そうで可哀そうで、どうしようもなく可哀そうだ。

気づいてみると瞳から涙が溢れていた。さらさらと頬を伝って、草の上にこぼれ落ちている。掌で涙を拭い、渋治は投げ出した両足を丹念にさすった。

この足に悪いことをした、申し訳なかったと思う。この濡れた眼にも、このぐずっている鼻にも、この顔にも、この腕にも、この胸や腹にも、ほんとうに申し訳ないことをしてしまった。この身体を作ってくれた母や父にも、ほんとうに申し訳ないことをしてしまった。そして何よりも、与えられたこの世界全体、この空気や風、太陽や微かに揺れる草々、遠く流れる雲と青い空、疏水《そすい》の細い水、大地、そうした万物のことごとくに対して自分は取り返しのつかないほどに申し訳ないことをしてしまった、と洪治は噛みしめるような気持ちで思った。

⇦

四月十七日の木曜日、洪治は無事に退院した。

精密検査の結果も問題はなく、足の状態もすっかり良くなっていた。先週からは金田医師の許可を得て、病院の周囲を軽くジョギングしていたが、規則正しい生活と眠っていたあいだにさらに体重が落ちたこともあって、洪治の走りは現役時代を彷彿《ほうふつ》させるような軽快さを取り戻しつつあった。

俺は走るのが好きだ、と洪治はこころから思った。

自分は陸上選手になりたかったのではなく、ただ、走っていたかったのだ、とようやく気がついた。選手をつづけたかったのなら何があっても部をやめたりはしなかっただろう。そのときは不分明だったことが、ある日、こうしてだしぬけに分かったりするのだ、と不思議な心持ちにもなった。案外、どんなこともそんなものなのかもしれない。

あいにくの雨で、曜子さんが迎えに来てくれた頃には相当の雨足になっていた。

今日から彼女と一緒に暮らすことに決めていた。曜子さんは、洪治の唐突なその申し出をあっさりと了承し、「いいわよ」と言っただけだった。

「こういう場合は普通は『私のこと気づかってそう言ってくれてるのなら、心配しなくていいよ』とか、『ありがとう』とか、せめて『どうぞよろしくお願いします』とか、それくらいは言うんじゃないか」

洪治がぼやくと、

「まあね」

と曜子さんは曖昧に笑っていた。

先週、母にもそのことを伝えた。母は黙って聞き、「お父さんに相談してみます」と帰っていったが、その表情は初めて見るほどに険《けわ》しく緊張していた。翌日の夜遅く、父が一人で病室を訪ねてきた。

父とはいろいろな話をした。ほとんどが父の仕事の話であり、洪治が働いていた時代の話だった。そうやって二人きりでゆっくりと話したのは、洪治が陸上部をやめると言いだしたとき以来だった。

父は、話し終わって椅子から立ち上がった。病室を出て一階の夜間出入口まで洪治は送っていった。守衛室の手前に来たところで父は立ち止まり、洪治の顔を見据えてこう言った。

「洪治、もう二度と、女から死んでくれと言われるような隙を作るな。男が死ぬときは一人で死ね。誰も連れていくな」

洪治は、

「わかりました」

と答えた。

「洪治、早く働け。このままだとお前はほんとうに駄目になってしまうぞ」

そう最後に言い残して父は帰っていった。

退院したらすぐに仕事を探さなくてはならない。曜子さんにしても同じはずだ。近頃の彼女はひどく忙しそうだった。さすがに閉店まで一ヵ月を切って、洪治の顔を見にくるのも日に一度に減っていた。

父の話を聞いて、洪治はひとつ大きく心の向きを変えた。

これからは、生きるために働くのではなく、働くために生きようと思った。働くとはつまりそういうことだと、これもようやく分かった気がした。

荷物をまとめ、金田医師やお世話になった看護婦さん、スタッフの方々に挨拶をすませ、渋治たちは車に乗った。今日は曜子さんが自分の車を持ってきていた。むろんハンドルは渋治が握った。

「今回みたいなことで厄介をかけるのは、これで最後にするんだよ」

金田先生に釘を刺された曜子さんは、

「私だってあんなに苦しいことは絶対にごめんです」

と真顔で答えていた。

曜子さんによれば、胃洗浄の辛さは半端ではなかったらしい。

「水撒きホースより太いチューブを、もちろん麻酔なんかなしで、口から胃まで突っ込まれたんだよ。しかも、ものすごい量の水をじゃぶじゃぶ入れられて、お腹は痛いなんてものじゃないし、息はできないし、ほんとにこんなことされるぐらいなら死んだ方がずっとましだと心底思ったよ。あとから看護婦さんに聞いたら、お医者さんは軽症でもわざとあれやるんだって。常習者にしないための予防にもなるからって。私の場合、きっとそれだったと思う」

洪治も当然、曜子さん以上の洗浄を受けたはずだが、幸運にもと言うべきか、彼にはまったく記憶がなかった。

　雨で渋滞していたせいもあり、三十分ほどかかって曜子さんのマンションに着いた。夜は二人で洪治の家を訪ねることになっていた。洪治は、今夜は水入らずで過ごそうと言ったが、曜子さんがどうしてもそうすると言ってきかなかったのだ。

　エンジンを切り、車を降りようとしたところで、

「そういえばお酒がなかったわ」

　と曜子さんが言い出した。

「酒なんていらないよ」

　さすがに今日の今夜飲む気にはならない。

「そうじゃないのよ、料理用のが切れてるのよ」

　曜子さんは、午後いっぱいかけて料理を作り、それを手土産にして父と母のところに挨拶に行くと言っていた。

「いまから買いに行きましょうか。休みはとったけど、店の様子もちょっと見ておきたいし」

　洪治はエンジンをかけなおす。

「いいよ。俺もちょうどランニングシューズが一つ欲しいと思っていたから」

九死に一生を得たとはいえ、こうして三ヵ月ぶりにこのマンションまで来てみても、想像したほど格別の感興が湧いてくるわけではなかった。しかし、再び走り始めるときは新品の靴にしたいと洪治はずっと思っていた。やはりそれが、自分にとって何よりの新しい一歩になることはたしかなのだから。

「そんなのお安い御用だよ。よし、思い切り安くしちゃうぞ」

曜子さんが景気のいい声を出す。

イイヅカはさすがにすごい人出だった。傘を畳む人たちで滞っているのか、玄関の前に長い行列ができていた。車を駐《と》めて外に出ると、それでも雨は小降りに変わっている。曜子さんの差しかけてくれた傘に一緒に入って歩き始めた。

玄関脇の大きな看板には、すでに紺色のシートがかかっている。店のドアに刷り込まれたロゴマークにも白いテープが貼りつけてあった。

「だけど、気が早いね。まだ今月いっぱい営業してるんだろ」

洪治が言うと、

「まあね」

曜子さんは気のない返事をして、「こっち、こっち」と洪治を促した。裏に回って従業員通路から入るつもりのようだ。

「俺、関係者じゃないんだから正面から入ろうよ」

「いいのよ。もうこの店はお終《しま》いなんだから気にしない。後学のためについておいでよ」

手をとって渋治をぐいぐいと引っ張って行く。後学ってなんだよ、と渋治は思う。こういう公私混同は曜子さんらしくない。

仄暗い通用口を抜けて、ごった返す一階は通らず、そのままバックヤードの大きな搬送用エレベーターで二階の日用品売り場に直行した。

「お酒を買わないと」

渋治が言うと、「まずはあなたのシューズ」と言われる。

二階も大変な混雑ぶりだ。どのコーナーにも「最終処分セール」と書かれた真っ赤な張り札がべたべたと貼られ、買い物カゴを持った人々が群れ集っている。

「毎日こうだったら潰れなかったのにね」

渋治は思わず口にした。

「そんなことないわよ。これだけのお客様がずっとこのお店を利用してくれてたってことだもん。この光景は、この店の潜在的な集客力をきちんと表現しているってことよ」

曜子さんは自分に言い聞かせるように、しみじみとした口調で言った。

シューズ・コーナーの前まで来た。

「どれでもいいわよ。お祝いに私がプレゼントするから」

と言うので、

「そんなことしなくていいよ。そういうのは筋違いだよ」

と洪治は断った。

一緒に暮らすことに同意を得たときに、洪治は曜子さんに三つだけ約束させた。ひとつは、たとえ冗談であっても今後一切死にたいなどと口にしないこと、もうひとつは、一生面倒を見るといった独りよがりを押しつけないこと、最後のひとつは、これからは正体をなくすほどの酔い方を金輪際しないこと、だった。この三つについても、曜子さんは何を言い返すでもなくいともあっさり頷いたのだった。

シューズの品揃えは以前よりも格段に充実していた。洪治は感心したような声を出し、売り場の隅に陣取ると、一つ一つ足にあわせながら長い時間をかけて品定めした。次々に曜子さんがいろんな種類を持ってきてくれる。

「だけど、この沢山のシューズ、売れ残ったらどうするの。返品きかないんじゃないの」

「大丈夫よ、全然心配ないよ」

「ま、他の店舗に引き取ってもらえばいいわけだよね」

曜子さんは答えず、「決まった?」と言った。

渋治は二万五千円のシューズを選んだ。といっても値札を見ると半値以下の一万二千円になっている。

レジカウンターに持って行こうとすると、曜子さんがまた「こっちよ」と言う。

隣の子供服のカウンターに向かっていた。

曜子さんは店員さんに会釈すると、カウンターの中に入り、「これ、私もちだから」と言ってレジの前に立った。渋治と差し向かいで、

「いらっしゃいませ」

と笑みを浮かべる。

きちんとたしなめるべきかとも一瞬思ったが、部下の目の前でそうするわけにもいかず、仕方なく渋治は持っていたシューズの箱をレジに置いた。曜子さんは慣れた手つきでレジスターに数字を打ち込み、吐き出されたレシートと一緒に箱を手提げ袋に入れた。

「ありがとうございました」

その得意気な顔を見ると、癪《しゃく》にさわる気持ちもつい鈍ってしまう。

一階に戻りながら、「どう、面白かった?」と訊くので、「まあね」と答える。

すると曜子さんがさり気なく言った。

「それは別に筋違いなプレゼントじゃないはずよ」

渋治はおやと思ったが、何も言い足しはしなかった。

料理酒を買って、再び通用口を通って外に出た。

雨はいつのまにかすっかり上がっていた。ぶ厚い雲の切れ間から幾条かの光が射し込んでいるのだった。

店の前は相変わらずの混雑ぶりだ。人波から離れ、二人並んで店を眺めた。曜子さんはなんだか眩《まぶ》しそうな表情で二階建ての古びた建物を見つめている。彼女なりの感慨があるのだろう、と渋治はその横顔を窺う。

「これから、どうするの」

初めてそのことに触れた。

しばらく彼女は黙っていた。何か言葉を溜めている気配がした。

「このままだよ」

不意に言う。

「このままって？」

意味が摑めずに訊き返す。

「明日、明後日と閉店セールやって、土曜日は休んで、また日曜日から開店するの」

「えっ」

洪治は目を見開いて彼女の顔を見つめる。曜子さんがこっちを向いた。

「私、この店、買っちゃったのよ」

「はあ」

「だからね、来週からこの店は私のものになるの。父の残したものとか母の保険金とか、あの土地を売った残金とか、ぜーんぶ使って、会社時代のクライアントさんにも何人か出資をあおいで、それで私、このお店買い取ったの」

余りのことに、洪治は声も出なくなっていた。曜子さんがにっこりと笑った。

「すごいでしょ」

「だけど……」

「この一ヵ月、ほんと忙しかったんだからね。あなたの面倒も見なくちゃいけないし、お店のこともあったし。私、決めたのよ。絶対この土地を離れないし、このお店も絶対に潰しなんかしないって。いまどき独立系のこんなちっちゃなスーパーなんて無理だって言う人もいたけど、私はそんなことないと思ってる。仕入れ先の中にも、喜んで応援しますよって言ってくれるところも沢山あったし、それに……」

曜子さんはもう一度、店の方を見た。

「見てよ、このお客さんたちを。この人たちはみんな、ずっとここで買い物をして暮らしてきたんだよ。ここがなくなって一番困るのはこのお客さんたちでしょ。それを会社の都合だけで勝手に閉店させるなんて、私にはどうしてもできないのよ。どんなことがあってもここに居すわって、このお客さんたちのために頑張るしかないのよ。洪治君だってそう思わない」

「そりゃそうかもしれないけど」

「でしょ。だから、これからは二人でこのお店をやってくの」

「二人って、曜子さんと俺でってこと」

「当たり前じゃない。私たちはこれから一生自分たちの面倒見ていかなきゃいけないんだよ」

「そりゃそうだけど」

　呟きながら、どうりで通用口を通らされたり、後学のためになどと言われたりしたのか、と洪治は思っていた。

「それとも、スーパーのおやじなんて洪治君は嫌？」

　そんなこと急に言われても答えようがない。

「とにかく、もう契約も済んじゃったんだから後には引けないのよ」

洪治の憮然《ぶぜん》とした顔に、曜子さんはちょっと困ったようなそぶりをしてみせたが、もちろん額面通りには受けとれない。

「もうあんまり勝手にやるなよな」

洪治が念を押すと、

「うん。これからはちゃんと相談する」

さすがに殊勝な返事だった。

「ちょっと来て」

曜子さんは紺色のシートのかかった看板の方へ駆けて行った。洪治も小走りで看板の脚下まで近づく。

よく見ると、そのシートの裾から長い紐のようなものがぶら下がっていた。曜子さんは紐の先っぽを手に取ると、

「ねえ、これ引っ張ってみてよ」

と言う。洪治が手を出しかねていると、シューズの入った紙袋をもぎ取られ、

「社長、早く、早く」

と急《せ》かされる。社長って何なんだ、と思いながら紐を受け取り、洪治は両手で思い切

り力まかせに紐を引いた。騒がしい音が立ってシートがするすると滑り落ち、付着していた水滴が雨のように渋治の顔に降りかかってくる。くっつくように寄り添っていた曜子さんにもその雨は降り注いだ。彼女が小さな悲鳴を上げた。

水が目に入って滲んでいた看板の文字が、陽光の中でしだいにはっきりとしてきた。

スーパーマーケット・アキレス

そう記されていた。

「どう、いい名前でしょ」

曜子さんはちょっと照れくさそうに言い、こうつけ加えた。

「ホメロスはね、アキレスのことをポダルケスって呼んでいるの。ポダルケスはギリシャ語でね、世界で一番足が速い人っていう意味なんだよ」

⇦

渋治はその言葉を聞き、その文字に目を凝らしながら、何かが脳裡に甦ってくるのを感じた。最初はひどく小さな物音だった。耳を澄ますとやがてそれが幽かな人の声であることが分かってきた。洪治は看板から目を離し、曜子さんを見た。彼女は心配そうな顔つきで洪治を見つめている。

と、急に膝から下の力が風船がしぼむように抜けていった。まるで病室で目覚めた翌朝、歩こうとして立ち上がれなかったときに引き戻されたような感覚だった。洪治は濡れたアスファルトの上にすとんと腰を落としてしまった。

すわった途端、頭の中に響いていた声がにわかにはっきりとしはじめた。洪治は地面に掌をついて、その冷たくざらついた感触を確かめながら、じっと耳を澄ました。

かしてちょうだい、かしてちょうだい、かしてかしてかしてちょうだい。

あのときの曜子さんの声だ、とようやく思いあたった。

その声は、驚いたことにさらに鮮明になっていく。

返してちょうだい、返してちょうだい。

隣に曜子さんもしゃがみ込んだのが分かった。洪治は彼女の方に自然と顔を向けた。

出して出して出してちょうだい。

失われていた記憶の一部が急速に回復されてきていた。洪治の手から一升瓶を取り返そうとむしゃぶりついてきた泣きだしそうな曜子さんの顔、薬を吐き出させようと洪治の口の中に指を突っ込んできた凄まじい曜子さんの形相、それらの像がはっきりと脳裡に再生され、目の前の曜子さんの顔と重なっていく。

なんだ、そうだったのか、と洪治は愕然とした。

自分はまだあの春の光に満ちた草地にすわりつづけたままだったのだ。

真実を見極めぬかぎり、自分のまちがいが分かるはずもない。そんなことは当たり前の話ではないか。何のことはない、あのときほんとうに死にたかったのはこの俺だったのだ。俺がこの人を必死に止めたのではなく、最後の最後、この人こそが俺を必死に止めようとしたのだ。生きるすべを見つけがたく、生きる理由を見つけがたく、自らの時間を喪失し、死の誘惑に魅入られてしまったのは、この人ではなくこの俺の方なのだ。この人が俺を信じ、頼ろうとしているのではなく、俺がこの人を信じ、頼ることができるように、そして俺を周囲から守るために、この人はいまのいままで懸命に嘘をつき通してきたのだ。この人は自分が生きるためにそうしたのではなく、どこまでも投げやりなこの俺を生きさせるために、俺の独りよがりで身勝手な申し出を黙って受け入れてくれたのだ。これまでの一切を悔い改め、もう一度生きてみようとしっかりと思い固めたのは、俺なんかではなくこの人の方だったのだ。

俺はなんと傲慢《ごうまん》な人間なのだろう。なんと浅はかな人間だったのだろう。

あんな馬鹿なことをしでかしたあげく、それでもまだ、自分が誰かに同情し、誰かを哀れみ、誰かの力になれるなどと思い込んでいたなんて。これまで、誰のことも真剣に同情できず、誰のことも深く哀れむことができず、誰の力にも本気でなろうとしなかったからこそ、自分一人で死ぬこともせずに、この人の苦しみに乗じてあんな取り返しのつかぬことをまるで無責任にやってしまったというのに。

一つの言葉が耳に谺《こだま》していた。

このままだとお前はほんとうに駄目になってしまうぞ――そうだ、父の言う通りだ。

洪治はゆっくりと立ち上がった。ズボンの尻がしとどに濡れている。膝は元に戻っていたが、もはや歩けるかどうかまったく自信がなかった。

曜子さんも立った。その手がそろそろと伸びてきて、洪治の濡れた手を強く握った。

「さあ、行きましょう」

渋治はその顔を見た。初めて彼女のことをちゃんと見定めたような気がした。もう自分は一人で歩けなくてもいいのかもしれない、と不意に感じた。いま共に同じ地面から立ち上がったように、これからはこの二人の足で歩いていければ、それでいいのかもしれない。一度倒れた人間が新しい一歩を踏み出すというのは、おそらくそういうことなのではないか……。

「渋治君、三十歳の誕生日、おめでとう」

まるで祈りを呟くような小さな声で、曜子さんが言った。

砂の城

1

矢田泰治《やたたいじ》はこれまでの自分の人生にひどく懐疑的になっている。

すでに六十の坂を越え、世間的には十分に円熟の候《こう》を迎え、また周囲からの評価は格別のものがあり何ひとつ不足のない名声すら手に入れた自らの人生ではあったが、しかし、いかんともしがたい鬱屈《うつくつ》が胸中を侵《おか》し、そして緩慢ながらも五体を引き裂くような焦燥に始終駆られているこの頃の彼なのであった。

矢田泰治は小説を書いて生活の糧《かて》としてきた文学者と呼ばれる人種に属する。

作家、小説家ではなく文学者であるところに矢田の生涯の充実というものがある、と矢田本人にもこれまで疑いを挟むことなく信じられてきた。矢田は青年の時代から刮目《かつもく》すべき作家として華々しい執筆活動を開始した。数々の文学賞を受賞し、六十三歳になった現在、矢田が手中にせざる賞は世界的な文学賞ただ一つのみであって、それすらもいまや照準の圏内におさまった——と世評は言う。

要するに矢田泰治は現代日本文学を代表する、最も高名かつヒロイックなスーパースターなのである。

もっとも、矢田泰治の文学についてここで触れることはすまい。なんとなればすでに浩瀚《こうかん》の書をもってそれは内外に論じられ、また矢田の作品自体も感興の濃淡はともかくも同時代人の大半にすでに膾炙《かいしゃ》しているからである。

ここでは矢田泰治の、彼の絢爛《けんらん》たる人生とはいかにも不釣り合いな現在の心境というものについて少し詳しく立ち入ってみたいと思う。

矢田には生涯の痛恨事とも言うべき出来事が三つばかりあった。矢田の辿《たど》り着いた鬱屈の正体を見極めるには、まずその準備としてこの三つを挙げておく必要があろう。といって別段矢田の内面を覗き込み、彼の書棚の奥深く隠された数十冊の日記帳を暴《あば》き立てる必要などはない。その三つについては様々な意匠はほどこされてはいるもののすべて矢田本人が自作の中で叙述してしまっている。

①矢田泰治は十八の歳と二十八の歳に二度ばかり自殺を企て、共にその覚悟の不出来から未遂に終わらせている。
②矢田泰治が二十五歳の年に結婚した妻かほりは発狂し、いまも東京の郊外の療養所で加療をつづけている。
③かほりとの間に生まれた一人息子の英治は父母のうちつづく不仲のさなかで成長したこともあって矢田泰治とは他人でもかくはなしと思われる近親憎悪の関係にある。また、矢田には愛人星野喜久子との間に愛実《まなみ》という名の女児がいたが、この子は生まれながらに身体を病み、いまも喜久子と共に恵みの乏しい生を営んでいる。

さて、矢田泰治は以上の三点によって文学者として自らを確立したわけだが、すべてをそうやって手に入れてみて、さながら自足の巨大な塔の中からふと外界を見回して自分が作り上げたその構造物の土台ともいうべき生活の実相のあまりの寒々しさ、もの哀しさに胸をつかれ、ようやく瘦《や》せ細った自己の真実に悔恨を禁じえない仕儀となった——というのは余りに単純素朴な議論である。

文学者というものはその程度のことで怯《ひる》んでいたのでは、文学は書けない。たしかに忸怩《じくじ》たる思いがそれぞれになかったわけではなく、その場面場面では胃を掻《か》きむしり、男ながらに枕を濡らす絶望を味わいはしたが、しかし、心理学用語でいうところの「昇華」の機能は実に簡便かつ実践的な真理であって、文字通り矢田泰治は事々の細目にいたるまでを折々、アップ・トゥ・デイトに記述しつくし、よって全部を正当化してしまっていた。

もとより、ひとたび正当化されたものが悔悟の範疇《はんちゆう》に再び帰ることは決してない。

まして矢田のように年中、物を読み、書いて、まがりなりにも思考という作業に習熟し、また鋭敏な嗅覚によって自分にまとわりつく常識人たちの胡散臭《うさんくさ》い論評に常に反抗しつづけてきた者にとっては、自己の航跡について、たとえそれがどれほどに歪《いびつ》なものであったにしろその一筋一筋に理由を見いだし、理論武装を完全化するのはいともたやすい話なのである。

そもそも矢田が生涯没頭してきた文学の世界なるものは、およそ異常な人生の羅列によって織りなされてきたもので、世界文学の巨大な連山はさながら蟻塚のごとく、もともとが歪な人格の集積によって形づくられている。そこには、矢田以上に異様な人生が横溢《おういつ》し、狂気が充満している。極東の一島国の文学の代表者である限り末席には違いないにせよ、いまやその聖人位に手が届かんとしている矢田泰治としてみれば、彼の言行一致の文学はだからこそホーリーであって純粋であって正統であると言えるのである。

では、矢田泰治の鬱屈の正体を垣間見る《かいまみ》ためにまずはこんなエピソードから話を始めてみたい。それは今年の十月十四日に出来《しゅったい》した小事件であった。

その日、矢田は昼頃まで起き上がることができなかった。

昨夜の狂騒は例年のことながら矢田の神経をひどく消耗させ、日頃不眠に悩む日々の彼にしてはやけに早く寝床に隠れ込み数時間の十分な睡眠を取ったにもかかわらず矢田はベッドから立つ気力を感じられなかった。目を覚ましたのは七時頃であった。そこから五時間近く彼は布団をかぶってぐずぐずと昨夜の失望を舐め、嚙みしめ、悔しがっていたのである。

ことに矢田が今年に限って格別に不愉快であったのは、新聞記者たちが潮が引くように帰っていった直後、四十年来の友人である小宮麟太郎が一ヵ月ぶりの電話を寄越したからであった。毎年この時期になると矢田と小宮は急に疎遠になる。それまでは三日にあげず互いに電話をし、折に銀座あたりで飯を食い、それぞれに数多く引き受けている各出版社主催の文学賞の選考委員として若い書き手たちの作品をこきおろしたり、こんなことをいまさら喋《しゃべ》っても仕方あるまいと共に内心で思いながらも文学論を弁じ立て、編集者や同業者たちのくだらない噂話に興じる仲であるにもかかわらず、十月に入ると互いにぱったりと連絡を絶つのだ。なんとなれば、例年この月は世界的な文学賞の発表の時期で、矢田、小宮ともに近年その下馬評に常時あがっているからであった。

選に洩れつづけて二人は随分になる。

昨年は世評では矢田で当確と言われ、一昨年は小宮が間違いないと新聞辞令を受けた。しかしこの賞の一件についてだけは二人ともいままで一度たりとも話題にしたことがないように思う。昭和四十年代にある老人作家が受賞して以来すでに二十年を越えて日本からこの文学賞の受賞者は出ていなかった。米欧アジアアフリカと持ち回りで受賞者が出ることはこの賞の常識であったから、もうそろそろ日本に順番が回ってくる頃合である。それは、逆に言えば矢田と小宮ふたりの有力候補のどちらかが的を射れば、必然的にもう片方は永久に機会を失して脱落することを意味していた。一昨年シュールで幻想的な作風で東欧圏を中心に多くの読者を獲得していたN氏が急死したことで、実際のところ賞の有資格者は矢田と小宮の両人に絞られており、そうした世上《せじょう》の空気は矢田としても意識せざるを得ず、小宮にとってもそれは同様だった。ゆえに毎年この時期になると彼等は自然、交渉が途絶してしまうのであった。

ところで、矢田は、自分がこのレースでは小宮を一歩リードしていると自負していた。付き合いのある文芸記者から毎年寄せられる情報を総合してもそれは明らかなようだったし、外国語訳の作品点数は矢田と小宮とでは五分五分というところだが、ことこの賞の選考を行なう北欧の言語に限っていえば、矢田の作品の方が小宮のものを優に凌《しの》いでいるのである。これは素人には分かるまいが大きなアドバンテージに違いないと矢田は観ていた。前回も極東地域に席が与えられるとすれば矢田が最有力だろうと言われた。一年前の今頃もずいぶんと緊張したのだが、今年の情報はなおさら色よいもので、従って昨夜の矢田は無念の思いに胸を引き絞られたのである。

結果はアフリカの某国の黒人女性作家に授賞が決まった。

ちょうどその国は政治上の一大変革期を迎え、つとに聞こえた人種隔離政策が撤廃されて初の黒人政権が誕生したばかりであったので、いつもながらすこぶる政治的理由によってその作家の手に賞が落ちたのであろうとは矢田にも容易に想像はついた。それはそれで仕方のないことと、火が消えたような陰鬱な自邸で矢田が渋々納得しかけていたところに、件《くだん》の小宮の電話が入ったのである。

「やあ、そっちはどうだい。もう記者たちは引きあげたかい」

小宮はいやに暢気《のんき》な声でのっけから賞について触れてきた。なるほど小宮の家もさきほどまでは駆けつけた新聞やテレビの記者たちでごった返していたに違いない。

「ああ、毎度ながらお互い疲れることだね」

矢田も平静さを装って気楽に答える。自分が落胆していることをこの男にだけは覚《さと》られてはならなかった。

「ははは、本当だよ」

電話線の向こうから甲高《かんだか》い笑い声が響いてくる。小宮は今回に限ってなぜこんな電話をしてきたのだろうか。余り落選ばかり重ねるものだから嫌気がさして、ライバルである矢田に同志的共感を覚えるという気力の萎《な》えを心中に生じさせたとでもいうのか。転んでも雑草の一本や二本は必ず摑《つか》み取って立ち上がる、実にこすっからい小宮にしては意外なこともあるものだと矢田は訝《いぶか》しく感じた。

だが、案の定というべきか、小宮の次の台詞で彼の下卑た心根に触れ、矢田は泥をかぶったような不快さを覚えたのだった。

「ぼくは今回は駄目だと分かっていたからね。というのも先週向こうの委員会の方から内々に話がきてね、今年はアニー・シンケレロだろうと言われていたから」

アニー・シンケレロは今回の受賞者の名前だった。

「へえー」

その一言の衝撃に動揺を隠せず、矢田は思わず唸《うな》ってしまっていた。

それからペンクラブの国際大会か何かで、たしか一度だけ顔を見たことのあるその黒人作家のことを「しかし、ぶくぶく太って気味の悪い化け物のような女だったな」などと互いにひとくさり言い合って十分ほどで矢田は自分からその電話を切った。

小宮がなぜ電話を寄越したのかを矢田はようやく得心した。ようするに小宮は、おそらく彼にしても初めてであったろう委員会からの事前の伝達について、矢田もまた同じ通知を受けていたのかどうかをまずは確認したかったのである。そして、矢田の動揺を察知するやその一事で自分の優越を確信し、同時に共に落選とはいえ自分とお前とではレベルが違うのだと矢田に思い知らせることで、自らの落選の痛みを緩和するという隠微きわまりない所作に出たのである。

かくのごとく小宮という男は一面においてまったく政治的であった。

いまから十年以上も前、小宮は反核運動というものに熱中した前科がある。それまでも小宮は何かというと平和主義者の顔を表立てて世間の歓心を買ってきた。若い時分には保守反動の論客として知られる某劇作家との間で平和論争なるものをやらかし論壇の寵児《ちょうじ》と化したこともある。矢田からすればどうみても小宮の一人負けに終わったその論争も左翼ジャーナリズム全盛の当時にあってはまったく正反対の評価を与えられ、小宮は以来、良心と人道にもとづく政治批評で折々の政権をこっぴどくこきおろして、いまもその愚劣な行為をつづけていた。

ちょうど米ソの軍備管理交渉が、東欧、欧州に配備された中距離核の問題で一頓挫をきたし、ソ連の巧みな平和攻勢が弱腰の米政権を次第に翻弄しはじめていた時期、小宮は欧州から広がった反核運動なるものの日本における代理店業のようなものを思いつき、「世界の反核勢力への連帯」などというおよそ文学者の修辞とは思えぬアジテーションを文壇中でぶち上げ、しかし、なぜにそういう資質が備わったものか生来の組織力で、彼はそれをある大手の左翼出版社と組んでブームにまで見事に育て上げてみせたのであった。

いまにして思えば、あのいかがわしい運動はソ連による謀略活動の一環に他ならず、先頃ある月刊誌が膨大な旧ソ連公式文書を基に報じたところによると実際、資金の大半がソ連共産党国際部および国家保安委員会から支出されていたそうだが、ともかくも小宮はその運動に熱中し、矢田にも反核署名などというインチキなものを求めてきたのであった。あげくに彼はヘルシンキで開かれた反核知識人の国際会議にも共同議長の一人として堂々と出席、西側の核のみを一方的に糾弾《きゅうだん》するという噴飯ものの「国際文化人アピール」を下手な英語で壇上から読み上げるというパフォーマンスまで平然とやってのけ、それは日本のジャーナリズムにおける彼の声望を再び急速に高めたのであった。

さらにいまにして思えば、彼はあれで世界に顔を売ったのだ。ソ連東欧で彼の作品の翻訳が一気に進んだのは、あの一件以降のことであったし、あの活動によって彼は文学者の由緒ある国際組織で枢要なポストを獲得したのである。それが、いずれは今日の文学賞狙いに通ずる遠大な戦略であることを政治的なあの男は最初から計算していたに違いない――とは矢田が最近になって思い至ったことだ。

小宮ほどコミュニズムの思想、それは現実の独裁的性格をひとまず外しての話だが、と相いれない人間は他にいないと矢田は知っている。彼の生まれの貧しさからくる贅沢趣味や途方もない漁色《ぎょしょく》の性向、そして傲慢尊大な権威主義は、その側近くで接する者たちには常に耐えがたい苦痛を強いてきた。

しかし、昨夜の小宮の電話の後、矢田はそうした彼の狡猾《こうかつ》ともいうべき政治性に実のところ舌を巻き、かつ痛烈な敗北感を噛みしめたのであった。

前置きはこのくらいにして、明けて十月十四日の午後二時頃――。

ようやく寝床から這《は》い出し、顔を洗う気も起きぬ虚脱の心地のまま、誰に見せるわけでもあるまいにこれ以上ないというくらい不機嫌な面持ちで矢田泰治が、通いの家政婦が拵《こしら》えていった昼食をぼそぼそと腹におさめていると、突然居間の電話が鳴った。

「やあ、どうも、しばらく」

声の主は池谷良造《いけがやりょうぞう》であった。

「やあ、久し振り」

矢田は今日一日は誰とも話などしたくなかったが、旧友の池谷となればそうぞんざいにもできない。大学時代の同級生だからというより、彼が全国紙の社長の地位にあることが矢田の応対を自然、慇懃《いんぎん》なものにしていた。

「残念だったね。しかしこの二、三年で必ず受賞できるから、あんまり気を落とさないで頑張ってくれたまえ」

「気を遣ってくれて感謝するよ。しかし当人はいたって暢気に構えているからね。もともといくらぼくだって本気で貰えるなんて考えちゃいないよ。毎度一種の冗談を愉しむ心境というところかな」

本心とは裏腹のことを矢田は言う。

「いやあ、君には是が非でも受賞してもらわないと困るよ。こっちだってここ三、四年毎回大きな花束を用意して待機してるんだからね。安月給の身としちゃ、そろそろ受賞してくれないと懐が痛んで仕様がない」

「ははははは、それは申し訳ない話だねえ」

「ところでなんだが……」

不意に池谷の口調が改まったので、矢田はちょっと驚いた。どうやら本題が別にあるらしい。しばらく電話の向こうで口ごもるような沈黙があった。矢田は嫌な予感がした。

「さっきうちの社会部長から報告があってね、すこしばかり困ったことになってるんだ」

やはりだった。矢田はそれでなくても沈んでいたものが一気に奈落に滑落するような暗澹《あんたん》たる気分に陥った。

「英治がまた何かやったのか」

「ああ、実はそうなんだ。まだ詳しいところまでは分かっていないのだが、とりあえず君の耳には入れておいた方がいいと思ってね」

「今度は何をしでかしたんだ」

英治とは長いこと会っていなかった。二年前に彼の経営する喫茶店がゲーム賭博で摘発され、その時もあやうく新聞ダネになるところだったのを矢田が必死になって抑《おさ》えた経緯がある。その後半年ほどして、こんどこそ真面目に店をやりたいと言ってきたので五百万ばかり都合をつけてやった。以来この一年以上、音信不通のままであった。

英治は矢田が二十六の時の子供である。すでに三十七歳、もはや息子などと呼べる歳回りでもないのだが、相変わらず腰の定まらないでたらめな生活を続けている。妻のかほりが入院したのは英治が中学三年の時だったが、翌年高校に入学すると英治は勝手に学校の近くにアパートを見つけてきて矢田のもとを去っていった。

「あんただって好き放題やってるんだから、俺のことをとやかく言えた義理じゃねえだろう」

かほりを病院に送ったことで十年ぶりに煉獄《れんごく》のような暮らしから解放された矢田は、再び喜久子と娘の愛実が住む人形町のマンションに入り浸って、英治のことをほとんどかえりみなかった。かほり名義の通帳と印鑑を懐に入れ、英治がそんな捨てぜりふを残して飛び出して行った時も、内心ではむしろ安堵《あんど》のため息を洩らしたくらいだ。正直なところたとえ血を分けた息子とはいえ、日々傍《かたわ》らで憎悪の目を剝《む》き出しに挑んでくる人間と共に生きることは苦痛だった。むろん英治の憎しみに比較すれば劣るだろうが、矢田もまたそんな一人息子を次第に憎むようになっていたのだ。

それもこれもみな、かほりの狂気に由来する悲劇であった。英治はかほりの狂気に操られ、利用されつくした哀れな子供だった。思えばかほりの最大の被害者は、矢田本人ではなく英治であったろう。

喜久子との仲が露顕し、愛実が生まれ、かほりが自殺を図り、と惨憺《さんたん》たる事件がつづいた時代から英治は妻の妄執にいいように翻弄されつづけた。愛実の身体に障害が見つかり、喜久子にすがりつかれてぐずぐずと大久保の安アパートで同棲生活を続けていた頃、繰り返し乗り込んでくるかほりの手につながれていた幼い英治の姿を矢田は忘れることができない。まだ三つになったばかりの英治だったが、彼の精神はああした妻の狂動によって十分に損なわれたに違いなかった。

深夜、ふとかすかな泣き声を聞きつけてアパートの薄いドアを開けると身を切るような冬の寒さの中にひとりぽつんと置き残されて泣きじゃくる英治が立ち尽くしていたこともあった。慌てて喜久子を揺さぶり起こし、冷えきった身体の英治を風呂に入れ、喜久子と二人で抱きしめて一晩を明かした。そのさなかにも生まれたばかりの愛実は夜泣きを繰り返し、そのたびに喜久子は起き出して、あどけなく眠る英治と矢田の枕元で、襟元を開き青白い乳房を幼子にふくませた。女とふたりのわが子のそんな姿を疲れ切った思考の中で見比べつつ、矢田はこの世の真実の地獄というものを味わったのであった。

このあたりの事情については後で改めて詳しく触れることにして、話を先に進める。

「まだ、警視庁クラブから断片的に情報が洩れているだけだからはっきりとけしないんだが、どうやら英治君がまた逮捕されたようだ。しかも今度はちょっとタチが悪いらしい」

さすがに池谷も言い難そうな声である。

「どうしたんだ。まさか人でも殺したんじゃないだろうね」

半ば本気で矢田が口にすると、池谷は小さく苦笑してみせた。

「まさか。ただ、どうも覚醒剤事件らしいんだ。英治君が主犯ではないが薬の密売グループに何らかの形で関与していたらしい。店のガサ入れでかなりの量の覚醒剤が押収されているようだ」

覚醒剤と聞いて、矢田は一息ついた。傷害や窃盗といった明確に被害者が存在する刑事事件であれば幾ら矢田でもとても揉み消しなどできるものではない。

「で、どうするんだい。君のところは書くつもりかい」

単刀直入に矢田は言った。そう言いながら、頭の中ではすぐに様々な当たりをつけていた。出版社系の週刊誌や夕刊紙はたとえ事件に英治が絡んでいると分かっても記事にはしないだろう。矢田は週刊誌を出すような大手出版社にはまんべんなく多数の版権を持っている。ベストセラーもこの四十年以上の執筆歴の中で数知れない。各社の主催する有力な賞の選考委員でもある。気になるのは、大手の全国紙だが、現在朝刊に小説を連載しているY紙は大丈夫だろう。心配なのは池谷のA紙といまは付き合いの薄いM紙だ。経済紙系のS紙は文芸時評を書いてやっている関係で心配ない。もう一つのN紙には来年春から連載をする約束だからこれも無視して構わない。やはりA紙とM紙、それにテレビが不安だった。

「いや、いま社会部長から報告を受けたが、彼もよほど英治君が深く関与していない限りは書かないと言っている」

「そうか、それはかたじけない。また君のところに一つ借りができちゃったな」

　これでA紙も消えた、と矢田はほっとした。

「いま英治君は碑文谷《ひもんや》署に居るらしい。どうする。なんだったら車とうちの社会部の担当をそっちに回すけど」

　二年前には、やはり池谷の進言ですぐに所轄署に挨拶に出向き、その場で英治の身柄を引き取ってきた。大新聞の威光というものをまざまざと見せつけられたものだ。

「いや、いいよ。それに覚醒剤では警察も手心を加えるわけにもいかんだろうし、ぼくが行っても何もできやしない。無責任な言いぐさに聞こえるかもしれないが、もう英治にはこれ以上関わりたくないんだ」

　矢田は早く電話を切りたかった。すぐにM紙の方を抑えなければならない。「今度はたとえ英治の名前が出ても仕方ないと諦めるよ。親としてももう弁解の仕様がない話だ」心にもない科白《せりふ》を吐いてわざとらしく深いため息をつくと矢田は「ちょっと疲れてしまった。悪いが切らせてもらうよ。連絡ありがとう」と言って受話器を置いた。

　その夜、矢田泰治は来年初頭から刊行が開始される第二期の全集の校正ゲラに遅くまで手を入れた。版元のS社で長年彼を担当してくれたT氏が昨年定年で退職してしまったこともあって、今回の全集の編集作業はひどく煩《わずら》わしいものとなっていた。気心の知れたTならば第一期につづいて監修を務める文芸評論家のY氏と二人、完璧な仕事ぶりだったろうが、新しい担当者は年齢も若く――といってもすでに三十の半ばらしいが、いろいろと気のつかぬことが多い。そもそもY氏がいまや錚々《そうそう》たる評論の大家と呼ばれるに至り、若い担当者としては矢田はともかくYに対してもえらく気をつかっている気配があって、刊行時期や月報、それに索引とどれをとっても矢田の思い描いていた進行の通りに捗《はかど》っていないのだった。

第一期の全集はいまから十三年ほど昔に出た。矢田がまだ五十になったばかりの頃で、監修のYなどはたしか四十前であったのではないか。少壮気鋭の論客としてようやく名が売れてきたところで矢田自身が抜擢《ばってき》し、大役を任せてやったのだった。それがすっかり大物然としていまや重鎮の風格である。歳月のうつろいの素早さをまざまざと感じずにはおられない。

全集独特の分厚い校正ゲラを前に、矢田は文学者としての自分の来《こ》し方というものに、つい思いを馳せてしまう。これは十三年前にはなかったことである。あの頃はまだまだ旺盛とは言わぬまでも創作への確かな自信があった。二十二歳の若さで文壇に華々しいデビューを果たした矢田は、翌年には新人作家の登竜門といわれるA賞を受賞した。戦後最も若い受賞であった。以来、五十の歳を迎えるまで、二回ほど長いブランクを経験したものの膨大な量の作品を発表しつづけ、従って第一期の全集も二十四巻という多きを数えた。複数の連載を抱えながらその校正に励んだ時期、若い時分からの作品に久方振りで目を通し、その気負った若書きぶりやまとまりの乏しい観念表現、めくら蛇に怖《お》じずの貪欲な主題の選択、どれもが懐かしくまた苦笑せざるを得ないものであった。だが、決して過去の軌跡に不満を覚えはしなかった。世間を知らず、人間を知らず、愛も苦悩も歓喜も真の意味で味わうことなしに表現者の道に迷い込んでしまった若い矢田が、世を恐れ、人を恐れ、そして自らの無知を深く恐れながら、必死で文学と格闘していった有りようが、どの作品にも涙ぐましいまでに滲《にじ》み出ていたからだ。

あらゆる文学者に最も強くつきまとう矛盾は、自身の実人生の問題である。彼は真の体験者であるのか、それとも鋭敏な観察者であるのか。すべての人間の生が体験と観察の微妙な間隙において成立し、意識活動の基盤がその両者の間を常に不確定性に移動することは言うまでもない。だが、ひとたびそうした間隙に表現という異質の観察器具を差し込んでしまった時、そこから派生するはなはだしい自家撞着《じかどうちゃく》は耐えがたい矛盾を表現者にもたらす。

二十代の矢田はその矛盾を「純粋の苦悩」という言葉で幾度も作品の中に吐露してい

る。たとえば、星野喜久子とかほりとのあいだをさまよう自らを、一人の考古学者を主人公として描いた作品『静謐《せいひつ》なる迷路』にはつぎのような一節がある。

〈これが「純粋の苦悩」であるならば、それがいかに醜いものであろうとも、いまよりはよほど軽やかに、そしてずっと華やかに彼を破滅に導いてくれるであろう。それは彼が日々陰鬱な研究室で賞《め》で、いつくしんできた原始の時代の**アー**を彼の胸に、さながら一本の鋼《はがね》の棒のように熱く優しく貫き通してくれただろう。だが、**アー**はいま中空から儚《はかな》げな視線でただ曖昧な微笑のみを浮かべ、冷たく突き放すように彼を見下ろしているだけに過ぎない。**アー**は歴史の司祭であると同時に、人間個々の司祭であって、それはすべてを包み込むようでいて、ある纏《まと》まりに人間を格納しながらも、その【不思議のブレ】ゆえに何人をも救う慈悲を決して持ち合わせてはいないのである。「純粋の苦悩」だけが瑞々《みずみず》しいばかりの生の実質であって、太古からついには永遠へと通ずるまったく顔のない、無残で、しかし太陽のように活力に満ちた生命のすべてであることを彼は、深い愛着　　それこそが彼自身の最後の彼自身でもある　　を伴ってはるか遠い　きっと彼が生まれるよほど以前から知り尽くしていたのであった。**アー**がいまそこにいるゾ　　**アー**がいまそこに【揺れながら輝く森】にいるゾ〉（『静謐なる迷

路』一四九頁)

——いかんともしがたい実存主義への郷愁に、何やら新しい情念の火柱をぼくは注ぎ込みたいと思った。帰るべき何かがやはり人には(それは単にぼくについてだけではなく)あるのではないか。そして帰るべき何かの地には、やはり赤々として温かい炎が焚かれている(べき)ではないのか。その確信がこの作品を造るなかで、ぼくの魂を常に触発した。

『静謐なる迷路』が大ベストセラーとなり、その年の最も権威ある文学賞に選ばれた時、矢田は受賞の一文にこのように綴っている。

ところが、いま矢田が手を加えているこの十年ばかりの作品群には、その量の少なさは措《お》くとしても、矢田自身あきれるほどに何の感慨も感じないのであった。ずいぶん以前、文芸誌で小宮と対談した時、一度小宮がこんなことを言った。

小宮　純文学と中間小説というものの差について言えばね、ぼくはこう思っている。要するに純文学というものは書き手が自分のために書くものであって、中間小説というのは他人、つまり読み手のために書くものだということです。だから、中間小説の方が余計に売れるのは当然のことであって、つまりぼくらが貧乏なのはこれは仕方のない話なんですね（笑い）。

矢田　ハハハハハ。

その時、矢田は小宮の例によってその実にいい加減な言いぐさに内心の嘲笑を禁じ得なかった。「お前が貧乏なら、一体誰が金持ちなのだ」とまず思ったように思う。だが、少しして矢田はやんわりと同誌上で反論もしていた。

矢田　文学においていま最も恐れるべきことは、文章それ自体がおろそかにされつつあるということでしょうね。よく私はアンチ私小説の代表のように言われるけれど、そんなことはない。私がこれまでの日本文学における私小説の役割を大きく見ないとしたら、それは単に私小説は文体的に安易でありがちだ、という一点においてです。ちょっとアイロニカルに言わせてもらえばね、私小説ほど外国語に翻訳しやすい文章ってないんですよ。それはサイエンス・フィクションなんかと違わないぐらい。しかし、内容的にはどうも欧米人には理解しがたい。要するに欧米人から言えばね「だからどうなんだ、このつづきが自分たちは知りたい」となる。

小宮　まあ、あれはもともと抹香臭《まっこうくさ》いからキリスト教的な世界観とは相いれないんだよね。

矢田　抹香臭いというよりは、欧米からすれば原始的というか多神教的というか、つまり遅れているという感覚にとらわれちゃう。何しろ私小説というのは実体験主義の権化で、いくら思想を学び、教養を身につけたところで、所詮、世間も女も分かるわけがないという原初的な確信に裏打ちされている（笑い）。それは西欧の哲学的伝統を背負った文学とは似ても似つかない代物《しろもの》だし、向こうからすれば思索的な部分が甘っちょろくて読めたものではないわけです。

小宮　そうそう。

しかし矢田は小宮の言った科白《せりふ》「文学は自分のために書く」という言葉をいま思い出して、そうした目で近年のこれらの作品を眺めてみて、これは書いた本人の自分にとってもまったくつまらないものに過ぎないのではないか、という気がしていた。たしかに思想としての成熟はある。長年連鎖として作品を紡《つむ》ぎ上げてきた矢田とすれば、その成長の足跡は十分に読み取ることができた。しかし、作品としての実体はどうかというと、それはほとんどが二十代から三十代の諸作の焼き直しでしかないのである。あの喜久子や愛実、かほりや英治と泥田の中を這いずり回った忌まわしい時代の記憶を、まるで決して忘れまいとでもいうようにただ繰り返し執拗に書き記しているだけと言えないこともないのである。

そしてさらに問題なのは、これらの作品の中で完成を目指した矢田の思想は、とうとう終着駅を迎えられず、茫洋とした原野に投げ出されているかのように見えることである。

青年の頃、矢田がもっとも唾棄《だき》した思想は「無常」というものであった。人はいずれすべて空に帰すべきものであって、愛も憎も喜びも、また悲哀も現《うつつ》の幻にすぎない、というこの単純明快な「真理」を矢田は限りない知的怠惰として憎悪した。だが、近年の自分の作品をこうやって読み通してみた時、そこに書きつけられているものが、果たしてこの無常なる現世を解決する救済の言葉たりうるか、となると矢田本人が首を傾げざるを得ないのだった。言ってみればそれは愛の不滅なり苦悩の中の歓喜なり、要するにひどく陳腐で使い古された言葉の羅列に過ぎないようにも思えてくるのである。あの救い難い貪欲の主である小宮、彼はそれでいて熱烈なクリスチャンでもあったその小宮が、かつて自分の取り巻き連中に矢田の文学をこう言っていたと聞いたことがある。

「彼の文学は、無神論者が血眼《ちまなこ》になって神を求めているような、いわば見苦しい徒労だね」

矢田はこれを聞きつけた時も、ずいぶんと怒りを感じた。だが、その一方で痛いところをつかれたような息苦しさを覚えたものだ。その折に似た胸苦しさを矢田はいま孤独な作業の中で噛みしめているのであった。

矢田泰治はペンを置き、椅子から降りて傍らにあるベッドの上に横になった。

ふと英治のことを思った。

池谷との電話を切って、すぐにK出版社の社長でありかつての矢田の担当編集者であるU氏に連絡を取った。U氏がM新聞の社長O氏と昵懇《じっこん》の間柄であることを思い出したからであった。U氏は「さっそく手を打っておきます」と言って矢田を安心させた。それ以来、英治のことはすっかり矢田の念頭から離れ去っていたのだった。

――あいつ、今頃何をしているのだろうか。

さきほど遅い夕飯を食べに矢田は外に出た。ここから歩いて十五分ほどの駅前にある馴染みの寿司屋でわずかの日本酒と寿司を少々口にして戻ってきた。帰り道で雨に降られた。細い霧のような雨だったが、後ろから追いかけてきた店の若い女の子が傘を渡してくれた。背中に聞こえた、

「せんせーい、せんせーい」

という娘特有の甲高い声がまだ耳の奥に残っている。空気は雨の始まりとともに急速に冷えて、帰りつく頃には吐息が白く煙っていた。

警察署の留置場で英治はもう眠ったろうか。この分ではよほど冷え込んでいるに違いない。歯を噛み鳴らし身体を丸めて寝つけぬままに染みの浮いたコンクリートの天井をぼんやりと眺めている英治の姿が矢田の脳裡に浮かぶ。その英治は子供の頃、まだ小学生になったばかりくらいの英治であった。セーターの一枚くらいは差し入れして貰えるはずだが、と矢田は考え、途端に髪の赤い胸ばかり異様にふくらんだいかにも低能そうな若い女の顔を思い出した。もう下の名前は覚えてはいないが、たしか上は桂木とかいった。風体におよそそぐわない奥床しい名字に驚いた記憶はある。二年前ポーカー賭博で捕まった時に英治が同棲していた、はすっぱな女である。もし続いていれば、着る物くらいは都合をつけてもらっているだろう、あいつは俺と違って若い頃から女にだけは不自由しなかった男だから、と矢田は思った。高校を中退したのもそもそもは同級の女生徒を妊娠させたからだった。父親の名前を聞いて相手の親たちが騒ぎ立てようとした時、英治は勝手に退学届を出して姿をくらましてしまった。といってその女生徒を同伴したわけでもなく、そのことが矢田の気持ちにひどくひっかかった。境遇の不幸は人間としての誠実さをも奪うものなのか、と矢田は自分のことをすっかり棚に上げて逃げだした息子のことを侮蔑したものだ。

それからの英治の足跡についてはほんとにとびとびにしか矢田は知らない。一、二年に一度金の無心に必ず現れ、その折に彼の喋る断片的な話から運転手やコックやセールスマンやらをやってどれも長続きせぬままに、彼が野放図《のほうず》な生活を重ねていることを察するだけであった。

あんな男でもそれを慕う女があり、共に酒を酌《く》み交わす友がおりするのであるなら、それは矢田の守備範囲を超えてはいるものの、一個の生き方として認めてやろうと矢田は思い定めていた。金を渡すことにそれほどの抵抗感は矢田にはなかった。父親としての償いというわけではないが、手元に金がある以上、息子の無心を断ることは親であるかぎりできないことだからだ。

所詮、子供などというのは最後は金を付けてでも他人にまかせるしかない存在だと矢田は考えていた。巨大な人の海の中ではそうやって人は身近な板きれに摑まって流されていくほかはない。情愛とは単なる物理的な距離の問題にすぎなかった。

かほりを入院させた日、英治と二人で病室のかほりに別れを告げた時、それまで予想外に静かだった妻が、突然顔を上げ、矢田と英治とをまじまじと見つめた。そしてドア

を開き矢田が先に英治が後に部屋を出ようとした刹那《せつな》、かほりは突然、

「えいじー、えいじー」

と絶叫し、英治の身体にすがりついてきて泣き叫んだ。慌てて付添いの看護師二人がかほりの身体を引き剝がし、「早く行って、早く行って」と二人を追い立てた。病院の玄関を出てとぼとぼと駅までの戻り道を並んで歩きながら、一言も口をきかなかった息子の、まったく表情というものをなくした横顔を矢田は思い出していた。そして、あの喜久子のアパートの玄関でべそをかいていた英治の姿も思い出した。「お父さんに、帰ってきて下さいとお願いしなさい」とかほりに命じられて、「お父さん帰ってきて」と俯いて言った英治のか細い声をも矢田は耳朶《じだ》に甦らせた。

かほりの精神が変調をきたしはじめ、家を長期間空けることができなくなってからも事ある毎《ごと》に矢田とかほりは口汚い罵《のの》り合いを繰り返した。そのたびに英治は泣きじゃくったが、小学校の四年生くらいになると、

「頭が変になる、頭が変になる」

と不意に叫び声を上げて、矢田とかほりのそばで本当に頭を抱え、床の上を転げ回るようになった。それは実に恐ろしい光景であった。

そういえばこんなこともあった。

ある日、喜久子と愛実と遊園地に出かけた折、ばったり英治と出くわした。愛実のために売店でソフトクリームを買っていると隣にやはりソフトクリームを持った英治が立っていたのだ。その時の英治の言葉が忘れられない。

「ぼく、友達と来てるから」

そう一言いって彼は矢田の前から一目散に駆け去って行ったのだった。

矢田は急に眠気を催してきた。壁の掛け時計を見るとすでに午前二時を回っていた。普段はまだ寝つけない頃合だが、今日はやはり疲れが過ぎたのかもしれない。ひとつ大きく深呼吸すると毛布を引き寄せ、それを掻き抱くようにして矢田は静かに目を閉じた。

2

矢田泰治は自分が男性的魅力に著しく乏しい人間であることを密かに恥じてきた。矢田は終生そのコンプレックスから脱却することができなかった。文学を書く才能が与えられているのは、そんな能力でも付与せねば、とてもこの男は生きてゆけぬだろうと神が憐憫《れんびん》の情を催したからに過ぎないと思ってきた。矢田が自らの仕事である文学にひどく固執し、そこでの極大の成功を渇望してやまなかったのは、そういう心理的な背景があったからに他ならない。

なるほど矢田のそうした劣後感はそれ相応の実体験に裏打ちされている。

矢田泰治は二十二歳の時に、初めて応募した文芸誌の懸賞小説で見事一席に入選した。彼の文学的成功の輝かしい第一歩である。当時矢田はある国立大学でドイツ文学を専攻する大学院生であった。当選作は、その年のA賞の最終候補作にも選ばれ、あと一息のところで受賞は逸したものの選考委員会の席上で多くの委員から高い評価を与えられた。矢田は一躍文壇の若き寵児《ちょうじ》として脚光を浴びたのである。

矢田のデビュー作は、少年時代彼が過ごした九州の軍港都市を舞台としていた。主人公は学制改革直前の旧制中学に通う少年で、彼とその親友、そして親友の姉で今はパンパンに身をやつしている少女との暗い関係を描いた短い作品だった。

詳しい内容にまで触れる余裕はないが、簡単に紹介しておくと、少女は身を売って弟と二人の寄る辺ない暮らしをどうにか支えている。彼女にとっては弟の将来を培《つちか》うことだけが生きる糧《かて》である。ところがこの弟が、ある事情から退学に追い込まれるような暴力事件を学内で引き起こしてしまう。姉は動転し、弟の親友である主人公の少年になんとかその身代わりになってくれまいかと懇願する。主人公の家は決して貧しいとは言えず、たとえ退学処分を受けても進学の目処《めど》が立たぬわけではなかったからだ。主人公は姉の訴えにほだされる。かつては密かに思いを寄せていた相手である。だが、迷う。迷う主人公に姉は身体を提供する。しかし、結局、主人公はその少女の身体を貪ったものの、肝腎のところで名乗りを上げることができず、結局親友を見殺しにしてしまう――というものだ。

敗戦後の価値観崩壊の中で、虚無的な主人公が利己心と怯懦《きょうだ》とに打ち破れて人間的すべてを失ってしまう様を自虐的な心理描写で綴《つづ》ったその作品は、親友の姉の身体を弄《もてあそ》ぶ場面の大胆な性描写が評判となったこともあって、発表と同時に一つの社会的事件と言えるほどの反響を生んだ。

だが、ここで検討すべきはそうした作品自体にかかわることではない。

矢田にとって最も重要だったことは、そのような大胆な性描写が恰好の話題を世間に提供したにもかかわらず実は童貞だったという事実である。

内心でひっそりと恥じ入り、決して周囲にはおくびにも出さず、さりとて知ったかぶりもできず、ゆえにドイツ文学の暗い森に立てこもって一定の安心をかろうじて確保していた矢田の性的な未熟さは、もっともあり得べからざる形式でいまや白日の下に晒される危機を迎えていた。しかもそこに追い込んだ者が自分自身であるのだから状況は救い難かった。

そんな時、出会った、というよりも再会したのが当時、某女子大の女学生だった赤江かほりである。

かほりとはある読書会を通じて、その二年ほど前から顔見知りだったが、矢田が新人賞を得て俄然注目の存在となるまでほとんど口をきいたこともなかった。というのもかほりは自家中毒めいたひ弱な文学青年ばかりが寄せ集まった、こっけいなほど惨めなその読書会の中にあって、ただ一人異質で、艶《なま》めかしく輝く美貌を誇るマドンナ的存在だった。彼女の周りには青白い男たちが常に蝟集《いしゅう》し、とりわけ貧相な矢田などはそばに近づくことさえできない雰囲気だったのだ。

ところが矢田の文学的快挙――そういった惨めな読書会にあってはそれはまさしく大事件だった――は矢田自身以上に周囲の人間たちの認識を変化させた。かほりは中でも際立っていて、突然のように矢田に接近してきたのだ。

いま思い出しても顔から火がでるような稚拙な恋のやりとりの後、矢田はかほりと肉体関係を結んだ。だが、かほりが矢田の痩せさらばえた実体を見透かすのには、そのわずかな交際期間で十分だったようだ。なにしろかほりは、男関係についてはすでに相当の熟練者で、はなから矢田のようなウブな男が太刀打ちできる相手ではなかった。

「矢田さん、初めてなんでしょう」

ただその一事のみが暴露されぬよう細心の注意を払ってきたにもかかわらず、互いに服を脱いでベッドに入った途端に矢田は冷水のような言葉を浴びた。しかも、

「そんなこと絶対ないよ」

咄嗟《とっさ》に矢田の口をついて出たのは、これ以上哀れな響きはあるまいというほどに、震えおびえきったこの一言だった。矢田はこの瞬間、自らの卑屈ぶりに牛涯癒えぬほどの傷を負ったのである。

しかしかほりの反応はさらに意外だった。

「何も恥ずかしがることなんかないわ。だってあなたは天才なんだもの」

羞恥で混乱しきったまま無意識で矢田が目の前の真っ白で巨大な物体にやみくもに舌を這わせていると、すでにかほりはうっとりとした声を洩らし、何度も「ああ、あなたは天才なのよ」と繰り返した。

翌年、矢田は文芸誌に載せた新人賞受賞第一作でA賞を受賞した。その頃にはかほりと同棲生活に入り、以来かほりが大学を終えて正式に結婚するまでの二年余りは、かほりとの性交に惑溺《わくでき》しながらただがむしゃらに書きつづけただけだった。そうやって矢田は文学者としての基礎を築いたのである。

さて、その後、星野喜久子と出会うまでの矢田の女性関係は惨憺たるものの連続と言

ってよかった。数え上げればきりがないが、一例のみ挙げておこう。

英治がかほりの腹の中に出来て、毎日朝昼晩というふうに行なっていた性交が難しくなってきた時期、矢田は規則的な習慣の突然の途絶に悩み、B社の女性担当編集者だったG嬢に懸想《けそう》してしまった。かほりが出産準備で長野の生家に帰ると、仕事にかこつけてGと頻繁に会った。前作がベストセラーとなった直後に初めて引き受けたB社の書き下ろしの仕事であったから、Gは否応もなく矢田に付き合ってくれた。

ある晩、矢田は眠れなくなって原稿用紙を机の上に広げたままGのことを考えていたが、ちょうどその日、はじめて買った新車が届き、ドライブもかねてGのアパートを突然訪問してみる気になった。すでに深夜の時刻だったが、そう思うと矢田は居ても立ってもいられなくなった。当時では珍しかったイギリス産の高級車だったし、Gを連れだして横浜あたりまで走ってみようか、と矢田は考えた。これは作品のための取材である、といえばGも嫌とは言うまいと恐ろしく自分勝手に合点したのである。

以前タクシーで送り届けたことがあったからGのアパートはほどなく見つかった。午前一時頃、ドアをノックした。ノックしたあたりからさすがに矢田はひるむ気持ちになっていた。怯《おび》えたような声でGがドアの向こうで誰何《すいか》してきた。眠っていたようだった。

「すいません、夜分に。矢田ですが」

名乗ってもGは要領を得ぬのか、黙りこくっている。

「矢田ですけど」

そう繰り返して矢田は、次の言葉が出てこないことを知った。「新車が来たんで一緒にドライブでもどうですか。これは取材で他意はないんですが」というのは、この真夜中ではどう考えても理屈が通らない申し出であると気づいたのだ。

しばらく考え込むような、誰かと相談でもしているような間合いがあってのち、はっきりと聞かせる声に変わってGがドア越しに言った。

「ごめんなさい。私、いまちょっと具合が悪いんです」

「どうしたの、風邪でも引いたの、大丈夫」

「ごめんなさい先生。また今度誘って下さい」

その言い方は実にそっけなかった。

「じゃあ、ドライブはいいから、車だけでも見ない」

「……」

「どうしたの、返事くらいしたら」

「ごめんなさい先生。今夜はちょっと」

「ちょっと何なの。君、ぼくがなんか変なことでも考えてると思ってるの」

「いえ、そんなわけじゃないんですけど。ごめんなさい」

「君、ちょっと失礼だよ。人がわざわざ来たのにドア一つ開けないでさ。ぼくはずっと原稿を書いていて、ただ息抜きがしたくなっただけなんだから。そんな対応だと仕事する気にならないよ。君だって一応編集者でしょう」

「……」

「このまま顔を見せもしないで、ぼくを追い払う気なの」

「……」

「どうなの、返事くらいしてよ」

「ほんとうにごめんなさい、先生」

「先生、先生って、なんだよ。ぼくは学校の先生じゃないんだからね」

矢田は自分でも自分が何を言っているのか分からなくなっていた。ただ無性に腹が立っていた。この矢田泰治がたかが女編集者風情に小馬鹿にされてたまるか、と思っていた。その時、ドアの向こうでよく聞き取れない台詞が洩れた。

聞き違いでなければそれは「こわい」という言葉だった。

そして、「ごめんなさい。先生。私がいけなかったんだと思います。担当を替えて下さっても構いませんから。責任は私ちゃんと取りますから」という今度は再びはっきりした声がした。

「何それ、君考えすぎなんじゃない。まだ時間だって一時を回ったくらいだよ。そんな非常識な時間でもないじゃない。責任取るってどういうことよ。別に担当替えてくれとかいう深刻な話でもないでしょ。なんか、君、すごく誤解してない」

「ほんとうにすみません」

「ふざけるんじゃないよ、あんた」

そう大声で怒鳴りつけて、矢田はGのアパートを後にしたのだった。

要するに矢田は人間関係の距離を上手くはかることのできぬ男であり、それは彼の生まれついた一大欠落だった。彼の文学は「疎外」を語ることで出発したが、これは当然のことで、要するに彼は自分の腹にあいた大穴に石膏を流し込み、その型を大量生産するだけで声価を高らしめることができたのだから、人間下手の部分が改善される余地はもともとなかったのだ。彼の人間関係における稚拙さは、彼の文学的成功と表裏一体で、矢田自身も先に紹介した失態の如きを度重ねることで、そのいかんともしがたい桎梏《しっこく》に気づかざるを得なかった。

星野喜久子との経緯については今回は省略する。

次にこれも矢田にとっては手ひどい精神的打撃となった、遠藤紀子《のりこ》と小宮との一件について取り上げてみたい。

かほりが入院し、英治が家を飛び出した後、矢田は生活の利便を得るために遠縁の娘だった遠藤紀子を呼び寄せた。矢田が三十九の時のことだ。紀子は矢田の身の回りの世話などしながら、神田の英語学校に通いはじめた。むろん生活費、学費は矢田が負担する契約である。紀子は九州の片田舎から出てきた垢抜けない娘で、まだ十九だった。

だが当時の風潮が良くなかった。なにしろ学園紛争が最も激烈をきわめた時期である。都心の学校に通っていた紀子が、若い娘目当てで出入りしていた学生オルグに洗脳されるのにそれほどの時間はかからなかったようだ。

やがて帰宅時間が不規則になり、時に無断で外泊するようになり、何やら書棚に思想書の類が並ぶようになり、そしてとうとう、そうした政治運動に何ら関心を示さない矢田に紀子は妙に軽蔑した視線を送るようにもなった。実のところ、矢田もあの時代の学生運動に共感を持たなかったわけではない。しかし、愛実の身体の障害は成長するにつれてはっきりとし、ようやくかほりからは逃れたものの今度は喜久子との関係に彼ははなはだしい消耗を強いられるようになっていた。とても、そんな高邁《こうまい》な遊戯に付き合っているひまが矢田にはなかった。

この運動に人一倍の肩入れをしたのが小宮だった。三十五年の安保反対闘争あたりまでは矢田同様、無関心を決め込んでいた小宮はその後にわかに政治色を強めはじめ、第一次羽田闘争の頃からは、すっかり反体制派擁護の知識人として売り出していた。それまでの左翼知識人が一様に代々木（日本共産党）の影響下にあった経験を持ち、六全協ショックという蒙古斑を引きずっていたのと比較して、小宮のような一切の思想経歴のない人間は当時は新鮮に映った。すでに作家としては十分な評価を獲得していたこともあって、左翼的風潮に迎合した当時の大半の日本人のいわばシンボル的な存在に彼は体よくなりおおせたのだ。学生たちの間でも、代々木系、反代々木系のどちらにも属さなかったノンポリ系多数派の強い支持を小宮は取りつけていた。

その頃、小宮はよく矢田の家に出入りしていた。尋常とは思えないその女道楽のため小宮にはすでに自宅に居場所がなかったのだ。小宮は女といえば見境がなかった。学生たちと親しく交わっていたその時代も、必ずシンパの女子学生をたらし込み、毎晩相手を代えて遊び回っていたという。その公然たる風評が二流週刊誌でスッパ抜かれ、すっかり信用を失った一時期もあった。

それから二年後、矢田は小宮の作品を読んで愕然《がくぜん》とする。現在は小宮の書く物に目を通すことなどないが、その時分には二人とも互いの新作が出ると熱心に読み耽《ふけ》っていた。

そこには紀子と小宮のただれた関係が詳細に暴露されていた。

学園闘争が下火になり、ようやく東京に静けさが戻ってきたと思ったら、突如紀子は英語学校を辞め、矢田の諒解もなしに郷里へ帰ってしまった。ある日不意に帰宅せず、気を揉んでいたらなんと九州から電話があり、紀子は「もう二度と東京には戻りたくありません」と冷たく宣言してそれっきりとなったのだ。彼女の話は要領を得なかったが、もともと掃除洗濯目当てで呼び寄せただけの娘だったから、きっと気儘《きまま》な都会暮らしをしている間に、悪い男にでも引っ掛かって、それで嫌気がさしでもしたのだろうと見当はついた。しかし、その相手が小宮だったとは思いもよらなかった。

小宮の書くところによると、紀子と彼は同業の友人（矢田のことだ）宅で最初に会った晩に、もう肉体関係を結んだという。紀子は高校時代ソフトボールをやっていたせいかずいぶん骨太の厚みのある身体つきをしていたが、その肉体はまるでゴムの固まりのように弾力に満ち、外見とは裏腹に男を飽きさせないものだったという。そんな女と中年作家がただただ見苦しいばかりの性愛を重ねていく有り様を露悪的に書き綴ったこの作品において、最大の目玉は、二人の情交が、間抜けを絵に描いたような友人の隙をついて、いかにその友人宅で再三繰り広げられたかという点だった。二人はむろん友人が在宅中に紀子の部屋でやり、二階の物干しでやり、果ては友人の書斎でまでも身体を重ねる。深夜、友人が寝静まってのち紀子の部屋を彼が訪ね、そこで数時間にわたって性交を続ける場面まである。家の間取りも、勝手口の様子も、庭の景色もそして友人の書斎の作りも調度も、みんな矢田宅そのままであった。むろん紀子の来歴、矢田の来歴、小宮の来歴もほとんどがその通りだった。

矢田は読み終えると、すぐに小宮を呼び出して問いただした。以下はその折の二人のやりとりである。

「これは紀ちゃんのことだと思うが、そうなのかい」

「はははは。やっぱり君には分かったんだね」

「当たり前だろ。一体どういうつもりなんだい」

「別にどういうつもりもないけどね。ありのままを書いただけだよ」

「そうすると、ここに出てくる迂闊《うかつ》な友人というのは、ぼくということになるけどね」

「うーん。まあそう取れなくもないかな」

「ちょっとひどすぎやしないか」

「どうして?」

「だってそうだろう。紀ちゃんはぼくの遠縁の娘なんだぜ。それをこんな風に書かれちゃ、ぼくとしては立つ瀬がないわけだ」

「そんなことないだろう。あの娘とのことはぼくたち二人の問題だからね」

「これによると、二度も子供を堕ろさせたと書いてある。いくらなんでもぼくの身内にそういう仕打ちはないだろう」

「いや、その辺は作りも随分混じっているよ」

「ぼくの書斎でも性交したと書いてある。ぼくの原稿を尻に敷いたとある」

「ははは」

「一体君は何を考えているんだい」

「ははは」

「何をそんなに笑うんだい」

「いや失敬。しかし、君、ぼくたちのこと本当に気づいてなかったろう」

「……」

「あれはなかなかの女だったぞ。まったく君という男は朴念仁《ぼくねんじん》そのものだよ」

「こんなことを書いて、君はぼくが黙っているとでも思ったのかい」

「さあ、そりゃ少しは気を悪くするかとは思ったけどね。しかしこのことはどうしても書いておきたかったからね」

「だけど、これを紀ちゃんが読んだらどう思うね」

「さあね。でももう彼女も結婚しているしね。知らん顔すればそれで済むさ。どうせ田舎じゃあぼくの作品を読む連中なんて誰もいないし」

「結婚って、彼女結婚したのかい」

「知らなかったの。もう半年になるんじゃないか」

「なぜ君が知っているの」

「いや、たまたまこのあいだ宮崎に講演に出かけてね。その時に呼び出してみたのさ。彼女いま宮崎市に住んでるんだぜ」

「……」

「そうそう、彼女、君のことは余り好きになれなかったらしい。まるで女中扱いだってあの頃も相当愚痴っていたよ」

「まったく君には愛想が尽きるよ」

「ははは。まあそう固いこと言うなよ。彼女も年頃でいろいろやりたい時分だったんだから。君だって一度抱いてやれば良かったんだよ、遠縁と言ったってほとんど血の繋がりはなかったんだろう」

「よくもぬけぬけと」

「ははは。怒ったんなら謝るよ。だけど、お互い物書いて食ってるんだから、その辺は大目に見ることにしようや。別に君の細君をぼくが寝取ったって話でもないんだから。

君の作品はどうか知らないけどね、ぼくの場合は女性は執筆の源泉のようなものだからね。そうそう人に遠慮してちゃぼくの文学そのものが枯れ果ててしまうんだよ。そのぐらいのことは君だって分かってくれるだろう。君だって、この前は喜久子さんとのこと相当に書いてたじゃないか。あれが原因だろう、かほりさんがまた具合悪くなっちまったの」

この一件で矢田と小宮は絶縁した。しかし、半年もするともう互いに気のおけない話をする間柄に復したのだった。

3

これまで触れてきた断片的な挿話のみでは、なかなか現在の矢田泰治の鬱屈を理解することは難しいかも知れない。しかしすでに与えられた紙数も半ばをとうに越えている。ここは多少乱暴ではあるが、結論を急がねばならない。

ただ注意を喚起する意味合いで繰り返しておきたいのは、矢田は実人生の犠牲の上に自己の文学が成立した——それ自体を決して悔いているわけではないことだ。体験と観察の中間地帯に聳《そび》え立つ彼の巨大な塔は、たとえ矢田自身にとっては矛盾に満ちていようとも、それが他者に対して価値の光を放つものである限りは、矢田の人生そのものを確実に肯定するに違いない。問題は、そうした矢田の文学の実質が果たして価値の光を宿しているのか否か、その根本への矢田本人の近日の疑念にある。そうした点では彼の鬱屈はすこぶる文学的煩悶《はんもん》だと言ってもいい。もっとも彼の書くものが文学と呼べる代物であればの話だが。

矢田は二十年ほど前、ある新聞のインタビューで、それこそ駆け出しのようやく地方の支局回りを終えたばかりといった若い記者に、

「先生の小説を拝見していて、ぼくはどうも、先生が自らの体験を等身大で描いてらっしゃらないような、そんな気がして仕様がないんです。先生が私小説からの飛躍を語っておられるのはよく分かるのですが、といって小説というのは、作家自らの経験を先生のように色々な形に変形し、より観念的、抽象的にすることによって果たして、何か私小説とは違ったさらに大きな価値や文学性を本当に獲得し得るのでしょうか。ぼくたち新聞記者は事実のみを客観的に報道しろ、と上司から口を酸っぱくして言われるのですが、それはありのままの事実というものに忠実かつ敬虔であれということ、つまり下手な解釈を差し挟むな、ということであって本当に事実というか真実というものが分かるならば、やはりそれをそのまま書き残すことがジャーナリズムの使命なんだと思ってい

ます。いまそこにあるすべて――それ以上に人が人に伝えるべきものがあるんでしょうか。もし小説家が何かを経験し、小説家としての感性で何かを感じ、またある真理を把握したら、その契機となった経験や思考の過程というものは、包み隠さぬ姿のままで提示した方がずっと読者には分かりやすいし、またそうすることが小説家の使命ではないのですか。少なくとも事実としての経験については、詳細にまず報告することが小説の大前提であって、その経験的事実すらも抽象化してしまうのは、それは経験そのものを冒瀆《ぼうとく》し、人間の観念をいたずらに暴走させるだけの行為ではないかと思うのですが。要するになんというか、そういうのって小説のマスターベーション化で、他人がマスターベーションしているところを見せられたってこっちは全然面白くないっていうか……」

と問われたことがある。同じ大学のドイツ文学科の後輩ということで話し始めた時は好感を持ったものだが、そういう不躾《ぶしつけ》かつ無知蒙昧《もうまい》な質問を口にするに及んで、矢田はにわかにその若い記者の馬鹿さ加減にうんざりした。

「じゃあ、あなたが言った、その事実だとか真実だとか、経験だとかいうものは一体どういうものを言うのですか。もしあなたがそれらをきちんと定義できるのなら、ぼくはいまここで是非拝聴したいものですね。そして単なる経験を書くことが身辺雑記以上の何らかの文学的なものになり得るのかどうか、その辺のこともしっかりと証明して欲しいね」

　矢田は吐き捨てるようにそう問い返した。若い記者は急に青い顔になって、

「すいません、変な質問をしてしまいました」

　とぺこぺこと頭を下げて、繰り返し詫びを言った。

　だが、実はその時、矢田は痛いところを突かれて内心、冷や汗を流していたのだった。

たしかに、矢田はこれまでの拙《つたな》い体験をありのままの形で書き込んだことはなかった。

メタファーにつぐメタファー、シミリにつぐシミリ、アナロジーにつぐアナロジー、西洋的観念主義と無神教的な呪術への信仰、そうした様々な意匠によって、かぼりの発狂も喜久子との情事も愛実の病も自分の自殺未遂も、すべてを限りなく不明確なものに転換させてきた。それは、傍目《はため》には私小説からの飛躍であり、作者から読者への書簡めいたこれまでの普遍性のない未熟な日本文学からの脱却であり、と注釈され、また矢田自身もそういう解説をしてきたけれど、実際のところは、わずかな材料を使っていかに多くの品数を拵《こしら》えるか必死になって工夫を重ねた料理人の苦心のようなものでしかなかった。

　簡単に言えば、矢田の文学は無数の借り物の教養で装飾されてはいるものの、実体は戦時中毎日彼が食わされた「すいとん」のようなものなのだ。いつそのことが世間に知

れるかと最も畏怖《いふ》しつづけてきたのは他ならぬ矢田自身である。その若い記者ははしなくも、そうした矢田の恐怖を見事に射貫《いぬ》く質問を投げかけた。だからこそ、日頃は温厚な文学者として評判の矢田が、それほどに強く拒否反応を示したのだった。

だが、人間というものは余りに称賛を浴びつづけると、自らの真実すら忘れ去るものである。二十年も経てば、そんな恐怖はどこかへ雲散霧消してしまう。矢田泰治は、あの若い記者の言葉を蹴散らすのではなく、しっかりと受け止めるべきだった。しかし、その折も矢田泰治は結局自身の虚名に驕《おご》り、

――だからジャーナリストなんていうのは馬鹿ばかりなのだ。

と、うそぶいたに過ぎなかった。

そもそも矢田は、星野喜久子との情事――それは彼がまだ三十になる前のことだったにもかかわらず――の後は尻のあたりで増殖していく名声という尻尾だけをバランサーに、これからの自分は文学を書くことのみで他の何物をも求めずに生きていくという実に安易な道を選び取ってしまった。それはさながら自らの性的未熟さをドイツ文学の暗い森の中で必死になってやり過ごそうとした青年時代の幼稚な自己への回帰に等しかった。二十八歳の時の彼の自殺未遂は、目を瞑《つむ》り耳を閉じて、勇気のないそうした怠惰な生活に飛び込むための単なる跳躍台に過ぎなかった。未遂に終わったのは、当たり前の

ことだったのだ。

英治が覚醒剤事件で逮捕されたとの報を耳にしてから五日後の十月十九日午後、矢田泰治は小さな子供を連れた若い女の訪問を受けた。

広い玄関先に幼児を抱いて立っているその女を見て、矢田はしばらく誰であるか判然としなかった。気づいたのは彼女が名乗った瞬間だった。

「突然にお訪ねしてすみません。麻美です」

——そうだ、下の名前は麻美といったのだ。

矢田は二年前に一度だけ会った英治の愛人、桂木麻美が目の前にいることを知った。

だが、その桂木麻美の姿は矢田の記憶とは相当に隔たっている。赤茶色に染めていたはずの髪はいまは普通の色で、肩の手前で切り揃えてあった。顔色もかつては青ざめ肌理《きめ》も荒れて生活のすさみそのままだったのが、いまの麻美にはそういう気配はまったく感じられない。記憶と一致するのは地味なセーターの上からでも分かる大きな胸のふくらみだけだった。顔立ちの整ったどちらかと言えば美人の部類に入る落ち着いた様子の女性、というのが率直な印象である。

そして彼女の傍らで半分母親の身体に隠れて、じっと式台に立つ矢田を見上げているのは、目の大きな一歳と半ばを過ぎたくらいの英治にそっくりの男の子だった。矢田の方をまじまじと見つめるその子の顔を矢田もまた釘付けになったように見つめ返していた。しばらくそんな間があって、

「まあ、上がりなさい」

矢田は母子を家の中に招きいれた。

通いのお手伝いがまだいたので茶の支度を命じ、矢田は二人を応接間に案内して、茶色の大きな応接セットの、部屋の扉を背にした四人掛けのソファに二人を掛けさせ、自分は外の広い庭を一望にできる切り窓を背景に定席の一人掛けの椅子に座った。男の子は二十畳近くある応接間のキャビネットや小簞笥の上の様々な壺や人形、彫刻の類にきょろきょろと視線を遊ばせてはいたが、深いソファに埋まってみじろぎもせずにじっとしていた。それは躾《しつけ》の良さを矢田に感じさせた。

「お久し振りです。いままでご挨拶にも上がらず申し訳なく思っていました。急に押しかけたみたいで、きっと気を悪くされたでしょうが、どうか許してください」

麻美は静かな声で言うと、小さく頭を下げた。

矢田はひとつため息をついた。それから、何とはなしに母と子の顔を交互にしばらく眺め、

「何という名前?」

と、どちらに言うでもなく聞いた。

「孝治です。親孝行の孝に英治さんの治と書きます」

英治の治は泰治の治でもある。

「孝治、ですか……」

矢田はひとりごちるように小さく呟《つぶや》いた。

そんなやりとりを孝治は黙って、まるで興味深そうな表情で聞いている。

「小さい頃の英治によく似ているな」

「普通男の子は母親に似るっていいますが、この子は本当に父親似なんです」

麻美はちょっと笑って、手を口許にかざす。

「で、今日は?」

矢田は思いのほか動揺している自分の気持ちを切り換えるつもりもあって、事務的な口調でそう言った。

「実は……」

麻美は俯き、すぐに顔を上げると矢田の目を真っ直ぐに見た。

「英治さんが、また事件を起こしたんです。それで、いまは警察署にいるんです。お父様には再びこんなことで何とお詫びしたらいいのか分からないんです。本当だったらのこのこ来られるはずもないんですけれど、どうしてもお力をお借りしなくてはならなくて、恥をしのんでこうしてお訪ねしたんです」

「そのことなら、あらましは聞きました。ぼくにもいろいろと知らせてくれる人はいるからね」

「そうだったんですか」

麻美はまた下を向いた。

「で、英治に言われて来たの」

麻美は頷《うなず》く。ちょうどお手伝いが茶器を運んできて、麻美と矢田の前に茶碗を置いたので二人ともしばらく黙ったままだった。孝治の前には気をきかせたのかジュースの入ったコップが置かれた。矢田は一口茶をすすると、

「いま幾つなの」

と言った。

「ちょうど一歳と四ヵ月になったところです」

麻美はコップを取ると孝治の両手に握らせた。孝治は嬉しそうな顔をして子供の手には余るコップを口許に運ぶ。と思うとコップを傾け、それで顔の半分が見えなくなって

しまうのだが、あっという間にジュースを飲み干してしまった。慌てて麻美が空のコップをテーブルに戻し、提げてきた大きな布地のバッグからタオルを取り出し、林檎ジュースですっかり濡れた孝治の顔下半分を拭ってやった。

「おやおや、ずいぶんと豪快な飲みっぷりだね」

思わず矢田は笑みを浮かべていた。

「もう一杯飲みますか?」

矢田が孝治の方に身を乗り出して尋ねると、孝治はうんと頷いた。「おーい」と言ってお手伝いを呼び「これもう一つ」と矢田は言った。

「すみません」

麻美はお手伝いに頭を下げた。

「別に構わないさ。まだまだたくさんあるんだからね」

「この子、小さい時からよく飲むんです。おっぱいも凄く飲んで、一時はぶくぶくに太っちゃったんです。まるで金太郎さんみたいでした」

「そう」

矢田は孝治から目が離せなかった。

二杯目も一息で飲み干すと、孝治は不意に身体を起こし彼からすれば高さのあるソファから下りた。下りようとする時、ソファの肘掛けに右の半身がのしかかって、あれよという間に体勢を崩して孝治は床に尻餅をついてしまった。とっさに麻美が手を出し、矢田も「あっ」と声を上げていた。だが孝治は別にびっくりした様子でもなく立ち上がると、おぼつかない足取りで紫檀《したん》の大きなテーブルの脇をすり抜け、矢田の方へ歩み寄ってきた。両手を広げて目の前にやってきた孝治を矢田は抱き取った。孝治はむずかりもせず矢田の懐におさまっている。

「ほー、もう結構重いもんだね」

孝治は矢田の膝の上でおとなしくしている。何十年ぶりで抱く幼児はぶよぶよした感触で実に心もとなかった。英治や愛実をあやしていた頃の遠い記憶が自然に甦ってくるようだった。両腕で腰のあたりをしっかりと抱き止め、麻美の方に孝治を向かせると、

「英治はまだ留置場なんですか」

ときいた。

「あと三、四日で出してもらえると弁護士さんは言っているんです。今度のことは英治さんはほとんど関係ないんです。知り合いに無理を言われて、薬を店に置かされていただけなんです。彼が直接売買したわけでもないし、もちろん覚醒剤を彼自身が使っていたわけでもなくて、そのことは他に逮捕された人たちの話からも警察は分かったようで、

だからそんなに長く留置されないだろうって弁護士さんも言っていました」

「そうですか、それは何よりだった」

矢田は膝の上で次第に増してくる孝治の重みを味わいながら、麻美が今日自分を訪ねてきた用件の大体がのみこめた。

「だが、何でまた英治はそんな危ない商売に手を貸してしまったのかね」

麻美は矢田が孫を当たり前に受け入れたように見えることで余裕を感じたらしく、少しばかり馴れ馴れしい口振りになって言った。

「あの人、どうしても博打《ばくち》と縁が切れなくて、悪い仲間にそそのかされて組関係が仕切ってる賭場《とば》に出入りするようになって、そこでイカサマにひっかかって相当な借金を背負ってしまったんです。それで払えなくって組の人に脅かされて仕方なく店を密売のために使わせなきゃならない羽目になっちゃって」

「博打って何ですか」

「賭《かけ》マージャンです」

「幾らスッちゃったの」

「全部で五百万くらい。とても店の上がりで返せるような金額じゃなかったんです。しょば代と相殺《そうさい》になった分を差し引いても結局まだ二百万くらい残ってしまって……」

矢田は金額がさほどでもないことに内心安堵していた。あと一桁大きいのではないかと咄嗟《とっさ》に思っていたからだ。

「じゃあ、その取り立てがいまあなたのところに来ているってわけですか」

麻美は頷いて、なぜか、矢田の膝の上の孝治に微笑みかけた。

「なるほど、それで英治がぼくのところへ行って来いと言ったわけだ。孫の顔でも見せればまさか断るわけにもいかないだろうと」

そう言った途端に孝治がくしゃんと大きなくしゃみをした。矢田は気勢を削《そ》がれたように孝治に目を落とした。そういえば今日はずいぶん冷え込んでいるというのに孝治は薄物の安っぽいトレーナー一枚着せられているだけだった。

「ちょっと薄着じゃないのかな」

「ごめんなさい。来る途中の電車の中で汗をかいてたものですから上を脱がせてしまったんです」

麻美はバッグから臙脂《えんじ》色のこれも毛羽立ったカーディガンを取り出すと、立ち上がって矢田の隣の椅子のところまでやって来た。矢田は孝治を持ち上げると隣の椅子に置いた。麻美は手際よくカーディガンを着せ、抱き上げて再び正面の四人掛けのソファに戻った。早く息子を取り戻したくてうずうずしていたらしいのが、それとない仕種《しぐさ》で分かった。

「英治も子供の頃は喘息《ぜんそく》がひどくってね。女房もぼくも毎晩大変だったよ。そもそもぼくの家系というのはぼくもそうなんだけど、気管支のあたりが弱いらしくって、叔父の一人なんか喘息がもとで早くに亡くなったらしい」

「そうなんですか。この子も扁桃腺ですぐ熱を出すんですよ」

「そうそう、英治もそれがひどくて小学校に上がる前に扁桃腺とアデノイドをみんな取ったんだ。当時はまだ全身麻酔でね、術後しばらくは物が喉を通ると痛むもんだからアイツ全然食べなくって往生した。プリンだとかゼリーだとか買い込んで女房と二人であれやこれや食べさせようとするんだけど、ムーっと口を閉じて食べないんだな。そのくせ腹がすいている筈なのに、あのわがままが我慢してる。二、三日経ってどうもおかしいと思って病室の棚の上を見たら、ぼくの友人が持ってきた大きなバナナの房の数が足りないんだよ。あの頃バナナと言ったら貴重品だったからね。ぼくも病室に来ちゃあ失敬していたんだが、それを数え合わせても、どうも足りない。それで女房に『おい、お前バナナ食ってるか』って聞いたら『いいえ』って言う。それで、ははあと勘づいた。英治の奴、ぼくたちが帰ってからこっそり一人でバナナを食べてたんだよ。人間、少々の痛みよりは食い気が勝っちまうんだな」

麻美は「そんな話はじめて聞きました」と言って笑った。つられて矢田も笑う。麻美は膝に抱いた息子の手を上下に動かしてあやしていた。手を振られるたびに孝治は嬉しそうに笑って母親の顔を見上げる。小さな白い顎《あご》に赤い線がくっきりと一筋入っていた。

「分かりました」

と矢田は言った。

「二百万は用意しましょう。あなたの言っていることは信用しよう。しかし、本当にこれで最後です。二度とこういう話は御免だ。英治とは今回限りでぼくは縁を切りたい。あなたがどう思っているかは聞かないけれど、あれは根元から腐り果てた男で更生の余地ももはやないと思う。いくら父親でもこれ以上の関わりは持ちたくない。金は渡すけれど、そのことだけはきちんと英治に伝えておいてください」

「申し訳ありません」

と麻美は深々と一礼した。

「口座は前のものと一緒でいいんだね」

「はい」

「じゃあ、明日振り込んでおきます」

「ほんとうにありがとうございます」

矢田は冷めた茶を飲み干すと、立ち上がった。麻美も同時に腰を上げる。いつの間にか孝治は母親の胸で寝入っている。麻美を先に立たせて応接間を出た。孝治の寝顔に顔を近づけると乳臭い幼児特有の匂いがした。

「おとなしい子だ」

と矢田は呟いた。

玄関先で靴を履き終えると、孝治の履いてきた小さなズックを用意していたビニールの小袋に入れてバッグにしまい麻美は立ち上がった。そのあいだ矢田が眠っている孝治を抱いていた。

「ほんとうにごめんなさい。きっとあの人も今度は改心すると思います。もう二度とご迷惑をおかけしないようにしますから。私も一生懸命に手助けしてみますから」

矢田は黙って頷いただけだった。

「念のためにあなたの家の住所と電話番号だけ控えておこう」

それは矢田にしてみれば自身意想外な言葉だった。つい口をついて出てしまったのだ。

「そこにメモ用紙があるでしょう」

下駄箱の上に紙と鉛筆が置いてある。麻美は中腰になって鉛筆を走らせた。それを矢田は覗き込んだ。目黒区のとある町の所番地を書き、麻美はちょっと筆を止めたあと矢田英治と書き、そして自分の名前を書き、さらに孝治の名前を書いた。

矢田英治
麻美
孝治

それは意外に整った文字だったので矢田は少し驚いた。並んだ三人の名前を見て、矢田はある種の感慨に見舞われていた。頭の中で、

矢田泰治
かほり
英治
麻美
孝治

という配列が浮かんでいた。それはいまのいままで矢田が一度も想像したことのない一つの連鎖だ。そして矢田は、

矢田泰治
かほり
英治

麻美
孝治
〇〇
〇治
〇〇
〇治
〇〇
〇治
・
・
・
・
・
・

と無限に繋がっていく連鎖を思い描いた。

「じゃあ、お邪魔しました」

孝治を受け取りお辞儀をすると、片手で麻美は引き戸を引き玄関を出てもう一度矢田の方に向いて頭を下げた。

——彼女にすれば、無事お役目達成というところだな。

矢田はちらりと思ったが、その乾いた感懐は麻美が姿勢を戻し、顔を矢田に向けた途端にどこかへ蒸発していった。麻美はなんとも形容できぬ顔をしていた。それは安堵のようでもあったが、また、疲労に縁《ふち》どられてもおり、そして多分に悲哀と失望に満ち満ちているようでもあった。矢田は何かを言わねばならぬと強烈に感じた。しかし、それは矢田にとって口が裂けても言えぬ言葉でもあるような気がした。これまでの矢田のすべて、つまりは文学的な人生のすべてをその一点に賭けて、矢田はここで堪《こら》えねばならないのだ。

だが、矢田にはそれができなかった。

「さっきはああ言ったが、何か困ったことがあったら言ってきなさい」

麻美は唇を噛みしめるような表情に一瞬なって、それから再び深く一礼すると何も言わぬままに静かに引き戸を閉めた。小さな孝治の背中が網膜にずっと焼きついたまま矢田はしばらく黙り込んでその場に立ち尽くしていた。

4

郊外の小さな駅は平日ということもあって人影はまばらだった。十一月も半ばを過ぎたというのに、空気は生温《なまぬる》く、家を出るときは羽織っていたコートもいまは腕の中だ。

矢田がこの駅に降り立つのは実に八年振りのことだった。

多少の様変わりはあるが、駅前の店々のたたずまい、隣町の工場の大きな煙突がちょうど半分で区切りをつけている青い空、真っ直ぐにのびた銀杏《いちょう》の並木道、そのどれもが昔のままである。明らかに違っているのは、こんな小さな駅でも改札が自動改札に切り替わっていることくらいだった。

黄色い銀杏の枯れ葉が一面に散り敷かれた一本道を矢田はゆっくりと歩いた。八年前に訪ねたのもこんな季節であったように思う。あの折は雨上がりで踏みしめる枯れ葉の感触がはっきりと靴底に伝わってきたものだ。このまま真っ直ぐに十分ほども歩けばN病院の正門に辿り着ける。

そこにかほりはいる。

かつては白い上っ張りに身をつつんでいた職員たちが、いまは平服で勤務していた。

それ以外はN病院もまた何の移ろいも経てはいないかのようだった。ただ、一棟、真新しい病棟が広い中庭の隅に増設されていた。かほりのいる古い本館に入る前に矢田は、その新しい建物のそばまで寄ってみた。正面の入口に大理石のプレートが掛かっていて、そこには『日本精神科学研究センター』と刻み込まれていた。「日本精神科学」という言葉の珍妙な組み合わせに矢田は苦笑する。日々狂人たちに囲まれて歳月から置き残されたように陰気な営みをつづけているこの病院で、職員たちは一体いかなる学問的態度と科学心で「日本精神科学研究」なるものを究《きわ》めようとしているのか。

矢田はかほりのこともあって若い時分にずいぶんと精神病理の分野を勉強したことがあった。その勉強をもとに一編のSF小説まがいの作品を発表し、それはおりからの高度経済成長の中にあって種々の精神失調を自覚しはじめた現代人の強い関心を呼び、数十万部を売るベストセラーになった。むろん主人公のモデルはかほりであった。しかし、この小説が世間の話題を独占している最中に、当のかほりを病院に送らねばならなくなったのは、いまにして思えば皮肉な話ではあった。

本館の三階がかほりの病棟である。面会の手続きも従前通りで、三階のエレベーター正面の受付で面会票を貰うと、名前、面会希望時間などを記入し「面会場所」欄の（病室・面会室）とあるうちの「面会室」の方を丸で囲んでから、受付の女性職員にそれを差し戻した。職員は空欄に⑤と赤鉛筆で書き込むと、「矢田様、五番でお待ちください。すぐお連れしますから」と言った。

受付から離れて右にのびる長い廊下を進んでいくと中央が吹き抜けになって螺旋《らせん》階段で下につながっている広い円形のフロアに出る。上空から眺めればこの本館の建物はちょうど凸形になっており、その出っ張りの部分が湾曲していて、そこがいま矢田の立っている場所である。湾曲した出っ張りの真ん中がくり貫《ぬ》かれて階段付きの吹き抜けとなり、それを取り囲むように面会室が並んでいた。それぞれがかなり広い部屋なので全部で七室ばかりである。時間待ちの訪客たちのために吹き抜けの周囲には長椅子や脚のついた灰皿が幾組も置かれている。が、いまは矢田の他に誰もいなかった。二十数年も前に初めてここを訪れたときもこの建物全体が閑散としていた。当時にあってはモダンな造りが矢田には好ましく思え、妻を捨てる罪悪感をいくばくたりとも緩和してくれたものである。患者の気が向けば面会室からそのまま下の広い中庭に出ることができる。螺旋階段はそのためのものだった。かほりを入院させてから数年は、少なくとも季節の変わるたびに矢田も面会に訪れた。だが、彼とかほりはこの螺旋階段を使ったことはない。

五番の札のかかった部屋の前に来ると、矢田は扉を開き中に入った。十五畳はあろうかという広い室内は壁一面に張り出した大きな窓からそそぐ冬の日を浴びて全体が白っぼく輝いていた。古風ではあるが物の良い革張りの応接セットが中央に置かれ、年代もののラジエターが微かな唸りを上げているほかは限りなく静かである。隅に外套《がいとう》掛けがあり、その隣に大きな書棚があって、そこにはずらりと洋書が並んでいた。どの部屋もそうやって洋書で埋まっているが、それはこの病院の創設者であるN博士、彼は日本の精神医学の草分けであり文化勲章受章者であった、の膨大な蔵書を収容しているからである。

五分ほどするとノックの音がして扉が開いた。若い看護師——彼は白衣を着ていた——がかほりの手を引いて入って来た。矢田は立ち上がり一礼する。看護師とかほりは正面のソファに腰を下ろした。

「お世話になっております」

と矢田が言う。まだ二十代の前半ではないかと思われる彼が微笑を浮かべて、

「今日はずいぶんお加減もよろしいようです。朝はたくさんお食べになったんですよ」

と言った。その声も口調もこういう病院に独特のひどく中性的な響きを有している。

「そうですか。元気にしているのですね」

矢田も座り直しながら言う。

「ええ。もう発作もほとんどございませんしね」

「そうですか。それは良かった」

「どうなさいますか。もし外にお出になるのなら下履きを持ってきますが」

「いえ、しばらくここで……」

「分かりました。では何かありましたらブザーを押して下さい。それからお帰りになる時にも」

　そう言うと看護師は立ち上がり、音をまったく立てぬ滑るような足取りで部屋から出ていったのだった。

　矢田は八年振りに向かい合う妻の姿にようやく目をやった。かほりはグリーンのセーターに茶色のスラックスをはいていた。赤いチョッキを羽織っている。髪はもう真っ白で短く切りそろえられていた。どうみても七十を越した老婆に見えるが、矢田より二つ下なのだからいま六十一である。とはいえ彼女もすでに六十の坂を過ぎたわけだ、と矢田は思った。

「久し振りだね」

　と矢田は言う。かほりはじっと矢田の顔を見つめていた。見つめてはいるが彼女の瞳の中では、背後の大きな窓から射し込む冬の光と目の前の初老の男との区別はきっとついてはいないだろう。

「元気そうで良かった」

矢田は薄い笑みを浮べた。

「今日は暖かかったもので、ちょっと遠出でもしようと思ってね。考えてみたらこの歳になると行きたいところもなくってね。何か歳を取るごとに、どんどん行き先というものがなくなってくるような気がするよ。まあ、君みたいにずっと同じ場所に居つづけるのも苦労はあると思うけれど」

かほりは黙って矢田を見るばかりだ。

「身の回りのものは不自由ないかい。松山君には毎月頼んではいるんだが」

松山というのは、この二十年来、矢田の書生のようなことをしてきている男で、もともとは矢田がよく執筆の時に缶詰になった神楽坂の小さな旅館で下働きをしていたのだが、彼自身天涯孤独の境遇ということもあって、かほりがいなくなった後は僅《わず》かな金で暇をみつけては矢田の身の回りのことをやってくれているのだった。かほりのことも、今はすべて彼にまかせた恰好になっている。

「先週病院に行ったらね、大腸に小さなポリープがあるというんだ。いまは便利になっていて内視鏡の先の鋏《はさみ》でそれを切り取ることができるらしい。昔だったら入院して腹を開かなきゃならんところだけどね。その手術を明日やるんで、今日はほら、一日こんなものしか食えないんだ」

　矢田は提げてきた小さなバッグから紙の小箱を取り出すと、口を開いて中の物を取り出した。白く薄いビスケットのようなものだった。

「なあんにも味がしないんだよ、これ。こういうものでも生きるだけならできる時代になっちまったんだ。最近人間というのはどんどん退化しているんじゃないかと思う時がぼくはあるよ。芋や木の皮をそのまま食べていた時代を彷彿とさせるじゃないか。目的は同じ、やっぱり生にしがみつくためだからね」

　そう言って矢田はビスケットを一口齧《かじ》った。

「どうだい君も食べてみるかい」

　かほりの目の前にもう一枚抜いて差し出してみた。かほりは少し表情を動かし、矢田の手の先の白い固形物を眺めている。

「ほら」

　手首を揺らしてみると、かほりの右手がすうっと上がった。そしてビスケットをつまんだ。どんなに精神が荒廃しようと食欲につながる原始的機能は失われない。その部分を矢田は刺激してみたのだ。

　ビスケットを口許に運びかほりは一口齧った。カリカリと乾いた音がする。それを見て矢田もビスケットを噛む。

「なっ、味もなんにもないんだ」

カリカリと二人の立てる音が静かな部屋の中でしばらく続いた。

「君も歳をとったなあ」

小箱をバッグにしまい、矢田は改めてかほりを見た。

「そうそう」

矢田は思い出したように言った。

「今日は、ひとつ報告があってね」

小さく咳払いしてつづける。

「ぼくたちに孫が生まれたよ。男の子でね、孝治というんだ。まだ一歳半くらいなんだが、ぼくもこのあいだ知ったばかりで、これだけは君の耳にも入れておかないとと思ってね。どうせ英治だってここには来ちゃいないだろうからね」

そこで矢田は自分の頬がわずかに緩《ゆる》むのを感じた。

「それが英治にそっくりの子供なんだよ。ということは君にとてもよく似ているんだよ」

かほりはまばたき一つせず、身じろぎ一つせず黙って、まるで置物の人形のように静かに座っている。

「その子が帰っていった後、ぼくは少しの時間だがいろいろなことを考えた。書くためでなく物を考えたことなんて、それこそぼくにはほとんどないことだったんだがね。それはたとえば、ぼくと君とが一時は愛し合い、そして子供を作りしたことは一体どういうことだったのか、といった他愛のないものだったんだけどね」

　そう言って矢田はしばらく押し黙り、目を瞑《つむ》った。目を瞑っていると幾つかの感覚が矢田の中で甦ってくるのだった。一つは、ある種の暖かさだった。ラジエターや外の光によって醸しだされているこの部屋の空気の温みとはまた別の暖かさが、いま自分の皮膚に伝わってきていることが分かった。さらに、幽かな音が耳に伝わってもきた。それらはいま正面に座っているかほりから流れ出てくる、温みであり息づかいであった。

「ぼくはどうも人生の意味にばかり気を取られて、人生そのものをおろそかにしてきたような気が最近しているんだ。意味に祝福を与えようとする余り、人が生きているそのこと自体が祝福であることに気づけなかったというのかな。そういう文学をとうとう自分は書けなかったような多少辛い思いに浸されていてね。たとえ嘘でもそういう物を書くことができれば良かったんだけれど……」

　それからしばらし矢田は目を閉じたままかほりの気配を味わっていた。

「さあて」

呟いて目を開いた。そこにはさきほどと寸分変わらぬ姿のかほりがいる。

「じゃあ、そろそろ引き上げるよ。君も元気でいてくれよ」

矢田は床を這う長いコードにつながって頭だけテーブルに覗かせている丸いブザーのボタンをゆっくりと押した。

外に出ると、冬らしい冷たい風が吹き、散り積もった枯れ葉を木々の足下で小さく舞い上がらせていた。矢田は来た同じ道を引き返した。N病院の正門を出て駅に向かっていると、来る時には気づかなかったが駅と病院とのちょうど中間あたりに小さな公園が出来ていた。矢田は少し疲れを覚えて、その公園の中に入っていった。自動販売機であたたかなウーロン茶を一缶買って人気のないベンチに腰を下ろすと、矢田はふたたび目を閉じた。風は不意に弱まり、温まった地面からたちのぼる空気が矢田をすっぽりと包み込んで、それは微かな眠気をも誘うようだった。

小宮が熱心なクリスチャンになったのは、彼が親兄弟のすべてを広島の原爆で失ったことが最大の理由だった。中学生だった彼はたまたま工場動員で街外れに出ていて被爆はしたものの一命を拾ったのだった。しかし、小宮はそのために子供を作ることを諦めていた。だから彼は自分が交わった無数の女性たちの誰にも子を産ませてはいない。喜久子が妊娠し、矢田が途方に暮れて相談した時、「堕胎だけはいけないよ」と小宮は再

三念を押した。そして、

「人の親になれるということがどれほどに幸せなことか、それだけは君は忘れちゃ駄目だよ」

　と真顔で忠告してくれたのだった。

　英治が、頭が変になると部屋中の床という床を転げ回るようになって、矢田とかほりは一度は真剣にやり直そうとした。三人で小旅行に出て、久し振りに親子水入らずで遊んだ。かほりが自殺を図ったのは、その旅先でのことだった。愛実の容態が急変したという喜久子からの連絡が入って、東京に取って返した矢田への当然の面当《つらあ》てだった。薬を飲んだ母親の異状に気づき英治は真夜中半狂乱になって旅館の人に助けを求めたという。

　六畳一間きりのアパートに英治を泊めた翌朝、喜久子は早くに起き出して英治の衣服をきれいに洗い上げ、アイロンをかけて着せてやると、朝食の支度をしてから寝込んでいる矢田を起こしてくれた。英治の手を引いて家に帰る矢田を、その後ろ姿が見えなくなるまでアパートの玄関で喜久子は手を振ってやさしい笑顔で見送ってくれたのだった。

　生まれて初めて女性の身体に入った時、かほりはかすかな吐息を重ねながらしっかりと矢田を抱きしめ、

「もう何も心配しなくていいからね。これからは何もかも私が守ってあげるからね」と呟いたのだった。

警察署から英治を連れ戻し、はじめて麻美と対面した折、麻美は取り散らかした部屋を慌てて片づけながら「あーどうしよう、どうしよう、お化粧もしてなかったのに」とこちこちになって、とても熱くて飲めないような茶を矢田にふるまってくれた——。

矢田はぼんやりと半ば夢現《ゆめうつつ》の中で、みるみる溢れてくる過去の記憶の断片がやがてゆるやかな一筋の流れとなり、いま自分の意識を満たそうとしているのを感じていた。

それは彼がこれまで書きつけてきた味気ない文字の羅列の隙間をやさしく埋め、最後にはその文字の群れを覆いつくしてくれるようだった。それまで刃物のような輝きを見せていたそれらの文字の群れは、やがてゼリー状の記憶の液体に浸されて、その光を急速に失っていった。幾つかの字句は無意識のうちにもある意味を持ち、それは矢田が大変な時間と労力を費やして学んだ古今東西の詩人たちや哲学者たち、文学者たちのスタンザや思惟《しい》のようだった。中にはすでにすっかり頭の中に染みついて、おのずと浮かび出てくる長かったり短かったりするフレイズも数知れずあった。

しかし、そのうちにそれらの紙によって学び紙によって再生されたあらゆる諸々は、打ち寄せる波に崩される砂の城のように、次第に形を失い、ばらばらに解体されて個々の意味のない文字にかえり一文字一文字が蒸留されて立ちのぼるかのように、矢田の意識から飛び去っていった。そして後に残ったのは、形もなく意味もなくただたゆたう柔らかな液体状の、ある種の重さだけだった。

矢田はウーロン茶を一口含んで、青々と冴えわたる冬の空を見上げた。そしてゆっくりと頭を垂れ、枯れ葉に埋まった足元の地面に視線を落とした。さきほどまで耳元で鳴っていた幽かな風音も途絶え、全くの静寂の中に身を置いている自分を感じた。

不意に胸の奥底からつきあげてくるものがあった。

それはあつくほとばしり出てくる、えも言われぬ感情の固まりだった。まるで年甲斐《としがい》もないその昂《たかぶ》りに矢田は一瞬の羞恥を覚えたが、それでも治まる気配はましてなく、やがてその固まりは一つの言葉となってくっきりと重い意識の海の中から浮き上がってきた。

——ありがたい。

なんとありがたいことだろう、ありがたい、ありがたい、ありがたい、ありがたい。

矢田はいつのまにか心の中でその一言のみをぶつぶつと呟いていた。そのうち突き上げてくる感情の波はさらに激しさを増し、精神の根太《ねだ》を揺さぶり、ついには肩や背、足元にいたるまで震えが襲ってきた。矢田は言葉ならぬ呻《うめ》きを上げ、俯いたまま背中をさらに丸めて、痛みにも似たその震えに堪えた。

身を裏返すほどにこうして深々とありがたく思わぬ限り、もうこれ以上一歩たりとも先に進んでいくことができないのだ、そんなどうにもならぬところまで自分はとうとう行き着いてしまったのだ、と矢田は思った。これが自分の終着駅というものなのだなあ、誰とも違わぬ平凡きわまりない、これが我が身の哀れな末路なのだなあ、と矢田は思った。そう思った途端、矢田の両眼から涙が溢れてきた。

とめどなく流れ出る涙に顔中をぐしょぐしょにしながら、矢田は嗚咽《おえつ》した。

身体の震えはもはや抑えがきかぬ態だ。

この人生で良かったはずもなく、さりとて悪かったとおのれを裁くだけの度量もない。ただ、このように自分は生き、生きてしまったという以外に何一つ加える言葉が矢田自身にはない。それでもなお、これからわずかばかりの時間を生きていくためには、これほどの慙愧《ざんき》の念を恩寵《おんちょう》の名残と万謝《ばんしゃ》して、彼は生き直していくしかないのだ。

生きることそのものの真の祝福に、齢六十三の矢田泰治はいまようやく気づき始めているようにも見えた。

花束

1

産業第一局金融部に配属されてからおよそ六ヵ月のあいだ、週に二回の連載企画会議の席上を別にすれば、ぼくは本郷さんと話らしい話をすることがなかったように思う。企画会議の場でのやり取りにしても、ぼくの提案に対して本郷さんが二言三言とりつくしまのないような辛辣《しんらつ》な台詞《せりふ》を吐いて、ぼくが新参者の遠慮を言葉にまぶしながらやり返すと、

「そんな小粒ネタ、金融部がやることじゃない」

と言下にはねつけられるだけに過ぎなかった。

たしかにこの中央経済新聞において、産業第一のしかも金融担当は花形部署に違いな

い。さらに本郷孝太郎が、その金融部でもとびきりのスクープ記者であることも事実だった。しかし、盛岡、横浜の支局を二年ずつ回って、産業第三で流通業界担当を三年こなしたぼくは、五年ぼっち先輩に「小粒ネタ」と斬って捨てられるようなヤワな企画を会議にかけるほどには新米でもないつもりだった。

そうした会議の席上だけでなく、本郷孝太郎の傍若無人の専横ぶりは部内（いや社内全体）でまさに顰蹙《ひんしゅく》の的だった。金融部は総勢三十五人の大所帯である。大手都市銀行を担当する第一班、地方銀行、第二地方銀行を担当する第二班、信用金庫ほかの各種金融機関を担当する第三班、そして生保、損保などを保険部と共同で受け持つ第四班、それに日銀、大蔵省銀行局、理財局、全銀協をカバーする特別班に分かれているのだが、まず金融部に配属になってぼくが驚いたのは、本郷孝太郎ひとりがこの職制から完全にフリーの立場にあったことだった。彼はどの班にも所属せず、従って各班の班長である彼より年長のデスクたちの指示に一切拘束されなかった。好きな時に好きな班の会議に顔を出し、好きなことを言って、司会役のデスクたちを煙に巻いてからかい、あげくに佐多金融部長の面子《メンツ》など頓着がないのだろう、産業第一の他の部、たとえば証券部や保険部にも適当に顔を出して勝手きままに仕事をしているのだった。

そんな本郷さんの仕事のやり方が部員たちに歓迎されているはずがなかった。

二ヵ月か三ヵ月に一度、彼が飛ばす大きなスクープ記事がなければ、彼は即刻配置転換の憂き目にあっていただろうし、また、そのスクープも半ばやっかみもあって社内では、

「ろくに出社もせずあれだけ好き勝手に動いていれば、あの程度のことは誰にだってできる」

と評価は決して高くなかった。

しかし、本郷孝太郎は社外においては中央経済新聞のスター記者であり、金融業界では誰にしろ彼の名前を知らぬ者なき辣腕家であることも確かだった。

そのことを最も知悉《ちしつ》しまた彼を最も高く買っているのは、産業第一局長であり編集局長をも兼務する、現在の編集局最大の実力者、鹿島誠三常務だった。各部長、各局長からの再三の苦情を一切無視しつつ、この数年にわたって本郷さんに特別待遇を保証しつづけているのはこの鹿島編集局長だった。

社内では「鹿島―本郷ライン」という言葉がまことしやかに流通していた。そしてそれはある種の隠喩《いんゆ》を含んで、ひそひそと語り伝えられていた。ぼくが支局回りを終えて本社に戻ってきた四年前には、すでにその話は半ば公然のものとなって、本郷さんがスクープをモノにして一面トップを飾るたびに、また本郷さんが編集局長賞や社長賞を毎

年総ナメにするたびに新橋あたりの社員行きつけの飲み屋でさまざまな尾鰭《おひれ》がついて語られた。そんなわけで、金融部に配属されてから半年のあいだ、他の同僚とおなじく、ぼくは本郷孝太郎という男が大嫌いだった。

「平井、今晩あいているか？」

明日の朝刊用の二百六十行の記事を送って一息ついているとき、背中から声をかけられてぼくはびっくりして振り返った。その独特の掠《かす》れたような声の持ち主は本郷孝太郎に違いなかったからだ。

本郷さんはぼくの目の前に突っ立って少し照れくさそうな笑みを浮かべていた。ぼくはその不精髭の生えたいかつい顎のあたりを見上げながら、反射的に、

「はいっ」

と答えていた。すると本郷さんはぼくの後ろの今は主のいない第二班のデスクの椅子に椅子の背板を抱くようにして大股に座り込んだ。

「今日お前、昼アンドンに妙なことを言ってただろう。あの話のつづきをしたい」

本郷さんは言った。ぼくは、一瞬なんのことか分からなかった。昼アンドンとは金融第一班のデスク安藤幸一のことだった。ぼくは昼間一度だけのデスクとのやりとりを急

いで反駁した。

「大興銀行の件ですか？」

本郷さんは、下を向いて小さく苦笑する。

都銀下位行の大興銀行が抱える住宅専門ノンバンク「大興ハウジング」が　兆円を超す延滞債権を抱え、いよいよ経常赤字が四百億円を突破しそうだという親会社の試算を、ぼくは昨日の夜、大興の資金部長から聞き出してそれをデスクの安藤に報告した。ほかにはこれといって目立ったネタはなかったはずだ。ぼくがきょとんとしていると、本郷さんは呆れた顔で、

「富島屋の話だよ、バカ」

と言った。

それで思い出した。大興ハウジングの数字について安藤はさしたる反応を示さなかったので詳しい報告を諦め、ぼくは代わりに大手の老舗デパート富島屋の内紛の内幕について少しばかり話したのだった。もっともその富島屋の一件についても、安藤は別段興味をひかれた様子ではなかったのだが。

「ええ」

「あの話、いつ、誰に聞いた」

「ああ、あれならもうみんな知ってる話でしょう。ただ、メインの光栄銀行絡みじゃなくて、実は反ジュニアの富島清太郎が裏で第一中央銀行と組んでジュニア下ろしを図っているらしいですよ。そのことはぼくが産業第三の時に付き合っていた富島屋の佐伯専務から一昨日聞いた話です。佐伯さんはジュニアと対立していまは名古屋支店長に飛ばされてるんですが、たまたま支店長会議で東京に出てきて、会いたいと言ってきたんで二人で会いました。もっとも一方的な話で、光栄がジュニアについている限りは、親父の清太郎がいくら頑張っても現場復帰は難しいんじゃないですか」

富島屋は江戸時代中期からつづく老舗中の老舗だった。代々、両替商から成り上がった豪商富島清兵衛の血筋を継ぐ富島一族が支配してきたが、現在の社長富島清一と父親の会長清太郎との間で経営方針の対立が表面化し、社長派、会長派に分かれての内紛がこの二、三年続いていた。清一についているのが、店舗多角化の過程で新しいメインバンクの座を手中にした都銀最大手の光栄銀行で、清太郎についているのが光栄にメインの座を奪われた都銀中位行、第一中央銀行だった。

「お前、第一中央の坂本さんは知り合いなんだろう」

本郷さんはぼくの話をろくすっぽ聞いていない風情で不精髭を撫ぜ、不意に言った。

現在頭取を務めている坂本一は、ぼくが富島屋番を務めているあいだ、流通担当の副頭取だった関係で、何度か取材したことがある。光栄にメインを奪われた責任がありながら、坂本が今年初めに頭取に昇進した時は驚いたものだ。業界でも話題になったから記憶に新しい。坂本はもともと大蔵省出身の前頭取との頭取レースに破れ、新頭取レースの蚊帳の外に置かれていたはずの人物だった。学歴も旧制横浜高商卒で、叩きあげの苦労人という風貌の方が強いバンカーである。

「知り合いというほどでもないですがね。まあ割りと気が合った人ですね。少なくともぼくとしては……」

そう言うか言わないうちに、本郷さんが急に立ち上がったので、ぼくは思わずのけぞった。

「なにボヤッとしてるんだ。行くぞ」

つられてぼくも立っていた。

「どこへですか？」

「決まってるだろう、坂本の家だよ、バカ」

それがぼくと本郷さんとの短いが、しかし忘れ得ぬ付き合いのはじまりであることを、その時のぼくはまったく予感してはいなかった、と思う。

2

「富島清一社長更迭《こうてつ》、清太郎会長の社長復帰決まる」

ぼくが書いたこの記事が中央経済新聞朝刊の一面を飾ったのは、本郷さんと第一中央銀行頭取、坂本一を自宅に訪ねてわずか五日後、平成五年九月十三日月曜日のことだった。

月曜日はぼくたちの業界ではスクープの定番日である。特に経済記事は土日は事実上の休戦日で、その分、他社に勘づかれない独自ネタを追う記者にとってはネタを固める絶好の機会といえる。新聞社といえども土日は体制が手薄になるし、また月曜朝刊の紙面はニュース不足に陥りやすい。そんなところへスクープを飛ばせば、いわゆる「抜き心地」は満点である。

だが、当日朝、大見出しが躍る自分の書いた記事を眺めながら、ぼくは内心複雑な思いを味わっていた。朝刊の最終版に原稿をたたき込んだ直後の深夜二時、それまでどこに行っていたのか、その日一日いっこうに社に上がってこなかった本郷さんがフラッとぼくの席にあらわれて、ぼくを編集局の小部屋の一つにひっぱりこんだ。

そこで本郷さんから、ぼくは信じられないような話を聞かされたのだった。

だから、ぼくは自分の書いた、多分それまでの記者人生最大のスクープを眺めながら、これはすべて本郷さんが仕組んだ罠ではなかったのかと煩悶《はんもん》していた。そういえば、その朝からの同僚の態度は妙によそよそしかった。せっかくのスクープで朝のテレビニュースも一斉にぼくの記事の後追いをしているというのに、佐多部長、安藤デスク以下、ぼくにねぎらいの言葉ひとつかけてはくれないのだった。みな淡々とまるで何事もなかったかのような顔で電話を掛け、取材に飛び出していく。昼アンドンも一言、

「夕刊で続報いくからな。抜き返されないようにたっぷり濃い目の記事を作ってくれよ」

と言ったきりだった。あとは整理部に催促される形でぼくは黙々と、今後の富島屋の動向、光栄、第一中央の思惑などに関する雑感を午後までかかって書いたのだった。

続報のメインの記事は本来流通を担当しているぼくの古巣、産業第三の記者たちが書くことになっていた。その打合せはすでに昨日のうちに済ませていた。それもあって、ぼくは筆を走らせながら、今朝方本郷さんから聞いた重大情報のことばかり考えていた。

最初から、本郷さんにとっては富島屋の話などどうでもいい小粒ネタに過ぎなかった

ことをぼくは思い知らされていた。むしろ、富島屋にかこつけて、どういうわけかぼくを自分の配下に置くことが本郷さんの本当の狙いではなかったのか、そんな疑問がふつふつと湧いてくるのだった。たしかに、ぼくが本郷さんから持ちかけられたネタは、いかに彼でも一人ではとてもカバーできない大変な代物に違いない。

これは罠ではないのか——そんな妙な思いにとらわれたのは、前の日の昼、産業第三の面々と打ち合わせた時に、栗田千尋《くりたちひろ》から妙なことを言われたせいもあった。

産業第三局流通第一部の部長をはじめとしたかつての同僚たちとやけに気詰まりな打合せを終えたあと（その時も本郷さんは同席してくれなかった）、栗田千尋が席に戻ったぼくにわざわざ近づいてきた。彼女はぼくより五年後輩の二十五歳、まだ駆け出しの記者である。どの新聞社もそうというわけではないが、中央経済新聞では大卒女子社員には支局回りを免除するという不文律のようなものがある。同期の男性社員がみな三、四年の地方暮らしで不遇をかこつ中、女性記者のみが本社の中枢で取材活動できるというのはどうにも間尺《まじやく》に合わない話だが、男性社会では往々にしてそうした逆差別が罷《まか》り通る。しかも、女というのはそれを当然と受け止めてまったく頓着しない。栗田もその典型のような一人だった。産業第三部でも、じつは鼻つまみ扱いをされているのだが、本人は気づいていないか、それともそれを承知で一切スタイルを崩さないのか、とにかく先輩社員に対する口のきき方ひとついまだに身についていない女だった。つけ加えると、彼女のそうした評判をさらに決定的にしているのは、実は彼女が本郷さんの愛人だともっぱら噂されているからであった。

　栗田はくびれた腰回りを強調するぴったりした短いスカートをはき、そのスラッとした長い脚を惜しげもなくさらしている。派手なオレンジ色のスーツはぼくもその日はじめて目にするやつだった。

「平井さん、凄いわね、見直しちゃった」

　のっけから彼女はそう言った。

　ぼくは、鼻筋の通った端正な彼女の顔を見つめ、この女がベッドの上で乱れた姿を、あのむさ苦しい本郷さんは週に何度も上から見下ろしているのだろうかと考えた。

「本郷さん、平井さんのこと目をかけてるのね」

　今回のスクープが本郷さんとの共同作業であることはいつの間にか社内中に知れ渡っていた。しかし、坂本頭取の自宅で話を詰めたのはぼくだ。それも一度目の訪問ではうまくいかず、三日目にやっと坂本は口を割ったのだった。むろん光栄サイドから確実な証言を引き出したのは本郷さんだ。しかし、とにかくぼくが驚いたのは、本郷さんは実際の取材になるとほとんど口をきかないで、横で半分居眠りしているような顔でじっとうずくまっているだけだったことだ。

ぼくが返事をしないでいると、栗田千尋は、

「ずっと本郷さん、相棒がいなかったでしょう。誰か使えるのはいないかって鹿島局長に言いつづけていたんだって。それで平井さん、今年、産一に行ったんだってもっぱらの噂よ」

と言葉を重ねた。

「その噂、きみと本郷さんの二人しか知らないんじゃないの」

ぼくは皮肉をこめてそう言った。すると栗田千尋は悪びれるでもなく、

「そうかな」

と答える。そして、

「ひとつスクープすると、それだけ会社に居づらくなるって本郷さんがよく言ってるわ。でも、スクープは何も会社のためにするんじゃないでしょう。それが社会のために正しいからするんだもの。これから平井さんも結構大変かもしれないけど、頑張ってね。私も陰ながら応援する。少なくとも、さっきの第三の連中みたいに嫉妬の目だけであなたを見たりしないから」

と言って、席を離れていったのだった。

社会のために正しいから、スクープがある——そんなことは彼女のような駆け出しの記者、とくに女性が使う陳腐な論理だろうとぼくは思った。新聞なんてそんなものじゃない。現に、富島屋の社長に旧態依然たる八十過ぎの現会長が復帰することがどうして社会のために正しいというのだ、ぼくはその時はそう思った。スクープ記者に感化されて都合のいい書生論を振り回す栗田千尋の後ろ姿を苦笑しながら見送っていた。

要するに、本郷さんという人のことを、その時のぼくはやはりまったく理解していなかったのだ。

3

本郷さんが第一中央銀行に異変が生じていると気づいたのは、坂本一が頭取に就任した今年の一月のことだった。たしかに、坂本頭取誕生はそれまでの観測をまったく覆《くつがえ》す仰天人事だった。一度頭取レースから外れた人物がなぜトップの座にすわったのか。しかも前頭取、山本隆司は六年前に大蔵省銀行局長から天下った人物で、それまでも第一中央銀行の頭取ポストは終戦直後の二人の生え抜き頭取を除けば一貫して大蔵の定石ポストと見なされてきた。その意味では坂本の頭取就任は業界の常識ではあり得ないことだった。大蔵省が、都銀中位行とはいえ虎の子の天下りポストを早々明け渡すとは考えられないからだ。

しかし、バブル経済時代に多額の不動産融資をノンバンク経由で行ない、いまや銀行本体の経営にまで陰りを生じさせている第一中央の乱脈経営の采配を揮《ふる》ったのが、当の大蔵出身の山本であることも間違いない。そこで、第一中央は大蔵支配の弊害を楯に山本の引責辞任をきっかけとして一気に自主独立路線への回帰を図ったのだ、と業界は坂本の頭取就任の背景を好意的に分析したのだった。

「そんなことは大嘘に決まってるだろうが」

編集局の脇の小部屋でコーヒーを啜《すす》りながら本郷さんは吐き捨てるようにぼくに言った。

「あの大蔵が、天下りポストを手放すなんてことは有史以来聞いたこともない。山本が駄目なら別のOBを派遣するだけのことだ。問題はどうして大蔵がそうはしないで、ロートルの坂本なんかを頭取ポストに据えたかだ」

それから、本郷さんはぼくがまったく聞き及んでいない第一中央の深刻な経営危機の内情を次々と数字をあげながら説明していった。

「第一中央はすでに大蔵の管理銀行だ。大興や報徳の比じゃない。都銀五位の預金量を誇ってはいるがもともと合併を繰り返して大きくなった脆弱《ぜいじやく》な経営基盤の銀行だ。おまけにこのバブルで子会社のノンバンクに湯水のように資金を流した。それがいまじゃ元本のロス見込み率が五〇パーセントを超えちまってる。ノンバンクの新央リースの総資産残高は四兆三千五百億円。その五割が消えたんだ。二兆二千億近くが焦げついているってわけだ。とてもやっていける状況じゃない。もう第一中央は銀行じゃない。一切表には出ていないが、日銀が毎月八百億ずつ利子補給してやっと生きながらえている。完全に脳死状態だ」

ぼくは本郷さんの話をにわかには信じられなかった。

「もしそれが事実だとすると……」

ふとそう呟くと、

「バカヤロー、俺が嘘をつくかっ！」

本郷さんは本気で怒鳴った。

「ということは、どういうことか分かるか、平井」

すぐに口調をやわらげ今度は諭《さと》すようにぼくに聞いてくる。ぼくにもそれぐらいのことは分かる。

「合併させる気ですね」

「それしかない。だから大蔵は坂本のようなしょうもない奴を頭取に持ってきた。ここで露骨にOBを送り込んだら、いずれ第一中央の経営実態が露呈したとき合併は見え見えになってしまう。そこで遠隔操作が可能なロボットをトップに据えて合併に持ち込むつもりだ。しかももとはといえば元銀行局長の山本が蒔いた種だ。大蔵としてはこのまま大蔵支配を表向きつづけていては、世間の批判は結局自分たちに向いてしまう。だからこそ生え抜きの坂本に一度戻した。俺は、この一月に坂本が頭取に就任した時から、大蔵が一体どことくっつけるつもりなのか、相手行を捜し回った。といっても、第一中央を抱えて倒れない銀行というと二行しかない。光栄と明信だけだろう」

「じゃあ……」

ぼくはようやく、なぜ本郷さんが富島屋の一件に首を突っ込んだのかが分かったのだ。

「そうだよ。富島屋は光栄と第一中央が接触するためのダミーに使われたんだ。これも最初から大蔵のシナリオだ。坂本は副頭取時代に富島屋絡みで光栄と渡り合ったことがある。ということは、光栄とは良くも悪くも顔見知りだ。ここでもう一度富島清太郎を復帰させて、光栄と第一中央の対立を世間に印象づけ、その裏で合併の話を進めるつもりだ。坂本が俺たちに『清太郎の復帰をやり抜く』と光栄への敵愾心《てきがいしん》を露骨に示してみせたのも、それで光栄との合併話がカモフラージュできると計算したからだ。光栄だってせっかくメインをとった富島屋のような老舗デパートをみすみす手放すはずがない。ましてや相手は瀕死の第一中央だ。本当なら面子《メンツ》にかけても一歩も引かないところだ。だが、もしすでに第一中央の吸収が決まっているんだとしたらこだわる必要はない。光栄が負けてみせたのは世間をあざむくポーズだ。これで、二行の合併は九分九厘間違いないと俺は睨《にら》んでいる」

ぼくは本郷さんの話に息を呑んだ。もし都銀第一位行と第五位行の合併をスクープできたら、それこそ経済紙としては世紀のスクープと言っていい。しかし、本郷さんはぼくの感慨とはまったくちがうことを口にした。

「俺は、こういう合併は許せねえ。日本人ぜんぶをバブルで狂奔させ二束三文の土地に担保掛け目を百も二百もつけて本当の経済の成長を殺し、金、金、金の世間を作っておいて、いざそのツケが回ってきたら銀行に無理を言って合併させてケリをつける。そのためなら必死で新しい経営を模索してきた新世代の経営者の首を平気で飛ばして八十五歳の耄碌《もうろく》爺を社長に復帰させる。目的のためには手段を選ばない。俺はそんな大蔵のやり口が許せねえ。一体、あいつらの責任はどうなる。この国の経済をこんな体たらくにして安閑と国家を指導しているる気でいるあいつらは、何の罰も受けないのか。ふた言目には信用不安を起こさせない、銀行は一行たりとも潰さない。そのために証券市場を管理相場にし、為替をつり上げてメーカーの青息吐息に目をつぶる。そういう大蔵のやり方を俺たちはただ黙って見逃すのか」

そして「俺はこの合併を潰す。それが結局、この国の経済が再生する近道だ。日本人ひとりひとりが第一中央銀行の崩壊を直視し、土地と株に踊った自らを反省しないかぎり、この国に本当の経済はもう二度と戻ってきやしねえ」と本郷さんは言った。

ぼくは、そのセリフに茫然と耳を傾けていた。栗田千尋が昨日言っていた「社会にとって正しいスクープ」という言葉が甦ってきたのだった。

そしてぼくは数々の本郷神話の中の幾つかを思い出していた。本郷さんは大学を卒業する時、経済学部の指導教授から大学に残るように涙ながらに懇願されたという話。学生時代に書いた論文が数ヵ国語に翻訳されていまもテキストとして大学に残っているという話（それは景気循環に関するものだったという）。中央経済新聞社発行の大ベストセラー『ゼミナール日本経済分析』の執筆が本郷さんの入社後最初の仕事であり、その功績で彼は創業以来ただ一人、本社勤務限定の社員となったこと——。

ぼくはそれまでの企画会議の時、同僚たちがさまざまなプランを持ち寄る中で、本郷さんが時折ぽつりと差し挟む意見や情報に耳をかたむけてきた。

「噂じゃあ」や「と言ってる人がいるなあ」「こういうことらしいぞ本当は」といった

言い方で彼が持ち出す話のほとんどが、現役の経営トップ、ないし政府機関のトップから直接聞いてきた話にちがいないと、ぼくはそのうちだんだん分かってきていたのだった。

栗田千尋が言っていたように、産業第三からぼくを抜いたのは本郷さんに違いないと思った。富島屋のことも、ぼくが言い出して気づいたような顔をしていたが、本当は最初からこの人は狙っていたのだ。そして、デパートに詳しいぼくを呼んだ。きっとそうなのだろう、とその時のぼくはちょっと浮かない気分で考え込んでいたのだった。

4

それからぼくが本郷さんに命じられた作業は、実に無味乾燥、退屈きわまりないものだった。

「この人数で、といっても二人きりじゃあやれることは限られている」

本郷さんは、ぼくがスクープをやらかした晩に行きつけの銀座のクラブに案内してくれて「前祝いだ」とヘネシーを一本あけながら、

「一番効率的な取材をやる。その前に、このことは一切誰にも言うな。鹿島局長にも俺

は言っていない。ただお前を二ヵ月貸してくれと頼んだだけだ。だからお前も口外無用だ。女房にも言うな」

としつこく繰り返した。ぼくが、

「まだ独身ですよ、ぼくは」

とやはりしつこく訂正すると、酔いが回るうちに本郷さんは、

「そうか、平井、絶対に結婚なんかするなよ。あんなものしちまったら、よくなる国もよくならなくなるからな」

と言う。意外だったが本郷さんはすこぶる酒に弱いようだった。

「決まるときは二ヵ月以内に決まる。それで尻尾がつかめなかったらこの話は潰れたと思っていい。合併は一気呵成《いっきかせい》だ。大蔵だってモタモタしちゃいない。すでに青写真の八割方はできている。支店の統廃合もオンラインのソフトの組み替えも計画済みだと思え。俺たちにはそんな情報は要らない。要るのはただひとつ本当に合併をやるかやらないか、その確証だけだ。それには二人で二ヵ月あれば十分だ」

ものの一時間もすると本郷さんは呂律《ろれつ》の回らない口調になった。ぼくは仕方なくハイハイと頷いた。そして、本郷さんはぼくに、この一ヵ月、第一中央銀行の企画部長、杉山博人を朝から晩まで追いかけることを命じたのだった。

「杉山が朝自宅を出てから、ふたたび自宅に戻って奴の部屋の電気が消えるまで、徹底的にマークしろ。彼がどこでいつ誰と会ったかを全部その目で確かめるんだ。もし話が進んでいるのなら、必ずどこかで大蔵、日銀、それに光栄の人間と彼は接触する。場所はホテルか大蔵の施設か、それとも田舎の安旅館か、それは俺にも分からない。しかし、詰めの話をする時は必ず会う。それを徹底的にチェックしろ」

ぼくは、探偵の真似ごとのようなそんなことをやって、本当に合併の確証が取れるのか疑問に思った。

「といったって、ぼくは大蔵の人間も光栄の人間も全然顔を知らないんですよ。そんなことより、本郷さんのルートで第一中央か、光栄のトップに当たれないんですか」

本郷さんは、ソファに凭《もた》れかかってすでに半分眠っている風だったが、突然がばっと身体を起こしてぼくを睨みつけた。

「平井、合併の話はなあ、第一でも光栄でも知っているのはこれだけだあ……」

それがあんまり大声なので、ぼくは思わずあたりに目を配って本郷さんに「もっと静かに話してください、秘密厳守なんでしょ」と言わざるを得なかった。しかし、本郷さんは片手をつきだし五本の指を立てたまま、とうに寝込んでしまっていたのだった。

結局、ぼくは隣でだらしなく眠りこけている本郷さんの寝顔を眺めながら、せっかくのヘネシーをボトル半分ほど胃袋に流し込んだ。こうやって眺めてみると本郷さんの寝顔は意外とあどけなかった。むさくるしい不精髭、くしゃくしゃの髪の毛、くたびれた背広、とおよそ垢抜けなかったが、それをとっぱらってよく観察してみると、本郷さんはなかなかの男前なのだった。

時々、店のママさんがやってきて眠っている本郷さんの耳元で「本郷ちゃん、本郷ちゃん、起きてあげないと連れの若い記者さんが困ってしまうわよ」と囁いたが、その度に本郷さんは蠅でも追い払うような手つきで腕を振ってママを苦笑させた。

「ほんとにいつもこうなんだから。悪いけどもうしばらく寝かせて、そしたら家まで送っていってあげてね。このなりじゃあどうせしばらく加奈子んところには戻ってなさそうだから」

五十がらみの厚化粧のママさんがぼくに言った。ぼくはママの口から加奈子という名前が出てびっくりした。加奈子さんというのは本郷さんの奥さんで、たしか結婚前はこの銀座でホステスをやっていたはずだ。

「ママさん、本郷さんの奥さんのことをご存じなんですか」

と、ぼくはきいた。

「当たり前でしょう、あの子、この店の売れっ子だったんだから。それをこいつがタダで持ち逃げしたんだから、まったく」

ママはそう言って、寝込んでいる本郷さんの額をひとさし指でつついてみせる。

「だけど、本郷さんの奥さんって、うちの鹿島常務の愛人だったんでしょう」

ぼくは言った。ママはちょっとびっくりしたような顔になってぼくを見返してくる。

「あら、あんたずいぶんハッキリものを言うのね」

「だって、会社の連中はみんな言っていますよ。本郷さんは常務のお手付きを女房にして常務に取り入ったんだって」

ぼくもずいぶん酔いが回っていたから、気兼ねして口をきくのはもう厭になっていたのだった。

ママはため息をひとつついて、

「そうねえ……」と呟いた。そして「本郷ちゃん、仕事は腕っこきなんだけど、こっちの方はいまいちなのよね」と小指を立てた。

「なんていうのかなあ、あの時は加奈子の方が夢中になっちゃって、それで本郷ちゃん、結婚するまでそのこと全然知らなかったのよ。後で会社の人に聞いたみたいで、それ以来、加奈子ともうまくいってないようだし」

ぼくは黙って、すこし笑ってみせた。

「平井さんっていったっけ、あんた本郷ちゃんの生まれがどこだか知ってる」

不意に妙な質問をされて、ぼくは一瞬とまどった。

「さあ、東京でしょう。言葉遣いがまるでそうだから」

「それがそうじゃないのよ」

ママは真剣な目つきになってぼくを見ている。厚化粧の底から目元に深い皺の群れが浮かび上がっていた。

「本郷ちゃん、根っからの関西人。生まれも育ちも河内なのよ。大学から東京に来て、だから入社してはじめてこの店にきた頃なんて大阪弁丸出し。私も関西だから、それで意気投合したの。まあ、もう一昔前の話だけどね」

ぼくは単純にその話に驚いた。

「それを本郷ちゃんは必死になっていまみたいな東京弁になおしたの。関西弁は企業取材では致命的だって言って。この人は一度そうと決めると、徹底的なのよ。いまじゃ関西弁なんてぜんぜん話せないんじゃない。要するに仕事しかないのね。そのくせ不器用なもんだから、会社の上の方の受けもいまいちでしょう、鹿島さんを除くと。せっかくこれだけ働いてバカみたいだけど、まあそこが本郷ちゃんのいいところでもあるのね。彼が下の人連れてきたのなんて何年ぶりだから、きっと平井さんとは上手くやれそうだって思っているんでしょう。だから、いろいろ大変な人だけど本郷ちゃんのことよろしく頼むわね。どうみても、平井さんの方がずっとしっかりしているようだから」

ママはそう言って、席を離れていった。

すっかり眠ってしまった本郷さんを抱きかかえるようにして、ぼくが銀座の店を出たときは十二時をとっくに過ぎていた。

一瞬このまま自宅に送り届けていいのかどうか迷ったが、まさか栗田十尋の部屋に連れていくわけにもいかず、ぼくは死体のような本郷さんをタクシーに積むと、運転手に世田谷の本郷さんの自宅の住所を告げた。酔いも手伝って、かつての鹿島常務の愛人で、本郷さんの頭痛のタネでもあるらしい加奈子さんの顔を一目見てみたい、とぼくはふと思っていたのだった。

5

本郷さんの家は、実にちっぽけなマンションだった。ぼくが月額十万で借りているアパートとどっこいどっこいといったところだ。車がマンションの玄関に到着した頃にはようやく本郷さんも酔いが薄れてきたようだった。

「本郷さん、着きましたよ」

と言うと、うーんと唸《うな》って目を開けた。

「おい平井、ここはどこだ」

「本郷さんの家ですよ。ここでしょう、手帳に載ってる住所通りなんですから」

あー、と本郷さんは呻《うめ》き声を洩らし、ぼくがせき立てると仕方なさそうにタクシーから降りた。「まあ、いいか」と降りるとき本郷さんが呟いたような気がした。

部屋は二階だった。足取りの不確かな本郷さんの脇を抱えてドアのチャイムを押す。腕時計の針は一時を回っていた。しばらく時間があって鍵の開く音がした。

顔を出したのは、化粧気のない目の大きな若い女性だった。これが、鹿島常務の元愛人かとぼくはまじまじと本郷加奈子を眺める。本郷さんの方は、ドアが開いたとたん、ぼくに身体をあずけ、再び酔いが回ったように目をつぶり唸りはじめた。

「社でお世話になっている平井といいます。こんな遅い時間にもうしわけありません」

ぼくが急に脱力した本郷さんを抱いて玄関を入ると、加奈子夫人は、

「本当にご迷惑をおかけしました。すいません、うちの人いつもこんな風で」

と小さな声で言う。その話し方も物腰もか細く頼りない。想像とはずいぶん違うな、とぼくは思った。よく見ると、彼女は大した美人だった。どことなく栗田千尋と似た顔

立ちにも見えた。

本郷さんは、不貞腐れたように靴を脱ぐと、

「おれはもう寝るぞ」

と不意に大声を出し、

「平井、明朝一番から杉山の自宅に直行しろ。携帯電話を忘れるなよ。二時間おきに俺の電話に報告を入れろ。何か動きがあったらすぐに連絡しろ」

と背中を向けたままぼくに怒鳴り、部屋の奥に消えていった。玄関から中を見通しても、かなり狭苦しい間取りのマンションのようだ。バタンと廊下の先でドアの閉まる大きな音が聞こえてきた。

加奈子夫人は途方に暮れたような顔でぼくを見ていた。

「ほんとうにすみません。帰りのタクシーいま呼びますから」

ぼくは手を振って断った。夫人は何か言いたそうな表情でしばらく黙っていたが、

「あのお……」と口を開いた。

「一週間ぶりに帰ってきたんです。あの人、どこで暮らしているか平井さんはご存じゃありませんか。着替えなんかどうしているんでしょう」

ぼくは、不安そのままの目でぼくを見つめている多分ぼくより歳下の若い女性を前に

して、やっぱりこんなところまでのこのこやって来なければ良かったと痛切に感じた。人の家庭を覗き見るほど罰当たりなことはない。

ふと久美子のことを思った。久美子もこんな小さな家の中で帰りの遅い夫を待ちながら、ぼくに会う日以外の日々を費消しつづけているのだろうか。そう考えると、彼女が夫をあざむいてぼくと会うことが何だか分かるような気になってくる。彼女も目の前の加奈子と似た歳回りに違いない。

ぼくは言った。

「ずっと会社で寝泊まりされていたようですよ。下着なんかは地下に売店がありますから。二人でちょっと大きなネタを追いかけていて、それで深夜の夜回りがつづいていたもんですから。ぼくは再三、ご自宅に連絡した方がいいですよって先輩に言ってたんですが、新聞記者がそんなことできるかって、先輩とにかく照れ屋ですからね。本当に気がきかなくてぼくの方こそすみませんでした」

当然だろうが、加奈子の目はぼくの浮いたセリフをまったく信じているようには見えなかった。それでも言わないよりはマシだろうとぼくは思った。

それから二週間、ぼくはただひたすら第一中央銀行取締役企画部長、杉山博人のあとをつけまわした。都市銀行の企画部長は銀行業務の中枢に座るエリート中のエリートだ。銀行の経営計画の策定、経費管理、資産・負債管理、組織改革などの主要業務の采配を実質的に握り、社内の各レベルの会議の司会役を務める。さらに代表権を持つ役員の会議である最高経営会議の事務局も、この企画部長が取り仕切っている。

　その意味では、まさに銀行のメインコンピュータといってよかった。当然、その席に座るのはトップの腹心中の腹心である。もし第一中央と光栄の合併劇が進行しているとすれば、本郷さんが言う、秘密を握る両行各五人のメンバーの一人に確実に杉山は入っているだろう。しかも、今回の場合は光栄による第一中央の吸収に近い状況が予想されることから、具体的な合併条件について、何とか自行の権益を守るために杉山は難しい交渉の矢面に一人で立たされることになる。

　尾行をはじめて三日もすると、ぼくの顎はすっかり上がってしまった。

　本社で杉山が時間をつぶしているあいだはむろん手が届かない。また渋滞などで彼の車に撒かれてしまうこともある。そう予想すれば大した仕事ではないと最初は高を括っていた。しかし、現実に尾行をはじめてみると、杉山は頻繁に外出した。各支店を回ることも多かったが、計算センターに顔を出し、役所にも出かけ、シティホテルの各種パーティーにもまめに出席する。これほどの激務を、しかも土日も一切なくこなしている四十九歳の男の背中を見つめながら、あらためて日本のビジネスマンの働きぶりにぼくは頭が下がった。

とくに参ったのは、朝が飛び抜けて早いことだった。杉山は調布の自宅を午前七時には出る。帰宅は毎晩二時、三時だった。晩に接待をこなしたあとも彼はそのまま帰宅せず一度必ず会社に戻った。

彼の平均睡眠時間はどうみても三、四時間程度だろう。

これだけの激務をこなし、粉骨砕身《ふんこつさいしん》の努力を払い、家庭も私生活も一切投げうち、一身を会社に捧げながら、自分の会社がいまや倒産寸前に追い込まれている現実を一体彼はどう受け止めているのか。もし本郷さんの推理通り、第一中央が光栄に合併されるとすれば、彼の将来はすでに挫折したに等しい。吸収された会社の人間、とくに杉山のような旧体制の尖兵《せんぺい》が辿《たど》る末路はこの企業社会では決まりきっている。

ぼくは杉山の後をつけながら、本郷さんの気持ちが少し分かるような気がした。これだけ無私の企業戦士のエネルギーをよからぬ方向に誘導し、この国の経済を腐らせた張本人は一体誰なのか。それは大蔵省出身の頭取であり、そしてバブル経済を煽《あお》り、税収を上げるために株式市場までも狂奔させた大蔵省自身ではないのか。

国家秩序の安定と継続の美名に隠れて、日本の官僚たちは無責任体制を営々と築いてきた。何か不始末があれば、それは一部政治家の不明であり、また一部企業の自己責任に帰すべきものと言い抜け、自らを保護する体制そのものになんら変更を加えようとはしなかった。そして、彼らの罪を追及する機関は、残念ながらこの国にはない。

本郷さんには、指示通り三時間おきに連絡を入れた。会社にいることはほとんどなく、本郷さんが何をやっているのかぼくには皆目見当がつかなかった。彼の携帯電話の向こうのたたずまいは、時に飲み屋の喧騒に満ち、時に誰かのひそやかな息づかいを漂わせているのだった。パチンコ屋の派手な演歌が突然、耳元に響いてくることもあった。

6

杉山が帰宅しなくなったのは、尾行をはじめて十八日目からだった。

その日は夕方、彼の車を混雑の中で見失い、仕方なく自宅前で午後九時頃から帰りを待っていた。しかし、朝まで待ってもとうとう彼を乗せた黒いクラウンは戻ってこなかった。ぼくは急いで本郷さんに連絡をとった。

本郷さんは寝起きの機嫌の悪そうな声を出した。

「今日は何曜日だ？」

と聞かれ、

「土曜日ですが」

と答えると、会社からそのままゴルフにでも出かけたんだろうと暢気《のんき》なことを口にする。今日一日、ずっとそこで待っていろ、そうあっさり言って電話を切ろうとした。

ぼくは車の中で夜を明かした疲れもあってさすがにムッとした。

「冗談じゃないですよ。昨夜から一睡もしていないんだ。これでもう二十日近くぶっ通しでやってるんです。一体こんなことをして何か意味があるんですか。肝心の交渉相手と会うにしたって、本店かホテルか、とにかくぼくの目の届かないところで幾らだって会えるんだ。こんな中途半端な張り込みをしつづけたところでザルに水ですよ。もういい加減うんざりです」

しばらく受話器の向こうからの反応が途絶えた。

「しかしなあ、土日丸二日も所在が分からなくなっては、せっかくの努力も水の泡になる……」

ぶつぶつ本郷さんは言った。

「よし分かった。いまから俺がそっちに車を回す。お前は今日と明日は休んでいろ。俺が着いたらバトンタッチだ」

そして通話は一方的に切れた。

その晩、ぼくは久しぶりに惰眠を貪った。だが、日が明けて日曜の朝になると自然と午前六時前には目がさめてしまった。外は秋晴れの好天で、狭い部屋の窓をあけると、すずやかな風が入ってくる。あれから本郷さんはずっと張り込んでいるんだろうか、と思った。そう思うと、なんだか自分の仕事を押しつけてしまったような妙な気分になった。

午前中に洗濯をし、部屋の掃除も終えてしまうと、もうこれといってすることがない。杉山の尾行をはじめてからは通常の取材業務は一切免除されていたから、この半月以上、社にも滅多に顔を出さなかった。こうやって一人きりになってみると自分がどこにも帰属しない、錨《いかり》を解かれた漂流船にでもなってしまったような不安を覚える。晴れた青い秋天に吸い込まれそうな気がした。

午後になって居ても立ってもいられなくなって、結局ぼくは杉山の自宅のある調布に向かっていた。

杉山の自宅前まで歩いてきて本郷さんの乗ったハイヤーを探した。どこにも見当たらない。食事にでも出かけたのかと周辺をうろついていると、百メートルほど離れた坂の上に停まっていた赤いセダンのヘッドライトが点滅した。ぼくは目をこらし、その助手席にいるのが本郷さんであることに気づいたのだった。

本郷さんは、ハンバーガーを頬ばりながら、ちょっと照れくさそうな顔でぼくを車に乗せた。運転席には栗田千尋が座っていた。

「どうしたんだ、休めるときに休んでおかないと持たないぞ」

心にもないことを口にする。

栗田千尋の方は、

「平井さんも案外ビンボー性なのね。せっかくの休暇にこんなところにくるなんて生活貧しいんじゃないの」

例によって生意気な口をきく。

千尋が啜っていたコーラを本郷さんは取り上げて飲み干すと、

「どうやら、杉山はホテルにでもヤサをかえたのかもしらんな」

と言った。栗田千尋と一緒にいるところを見られたからといって別段気にする風もない。だいいち誰にも取材内容は言うなとあれほど釘を刺しておいて、自分はちゃっかり愛人に洩らしているのはどういうことだ、そう思いながら、

「どうしてですか」

と、ぼくはきいた。

「さっき、若い男が訪ねてきて、細君から荷物を一抱え受け取って帰っていった。ぺこ

ぺこ頭をさげている様子からすると、あれは杉山の部下だろう。大蔵に言われて自宅を離れたのかもしれん。お前の尾行に向こうが勘づいた可能性もあるな」

　ぼくは心外なことを言われた気がした。

「平井さん、探偵稼業は無理かもね」

　千尋が茶々を入れて、尚更不愉快になる。

「じゃあ、もうどうしようもないんですか」

「いや、そんなことはないさ」

「また明日、それとなく本店の前で張っていればいい。向こうだってまさかホテルを一日おきに転々としたりはできんだろう。いずれ宿は割れるさ」

　本郷さんは空の紙コップを握りつぶすと、

「じゃあ、今日はこれで解散とするか」

　と勢いよく言った。

「行こう、千尋」

「えっ、もういいの」

　本郷さんは頷いた。そして後部座席のぼくを振り返って、

「杉山が自宅から出たことがはっきりすれば、これで合併交渉が行なわれていることは

八分通り確実だ。あとひとやまだぞ平井」

ぼくは京王線の調布駅まで車で送ってもらい、そのままアパートに帰った。「これから千尋と旨いもんでも食いにいくが、平井、お前も一緒にどうだ」と誘われたのだが断ったのである。

「平井さん、明日がんばってねー」

千尋は最後まで癇に障《さわ》る言い方をして去っていった。その赤い車の後ろ姿を見送りながら、ぼくは一度だけ会った本郷加奈子の顔をなぜか思い出していた。

杉山の宿泊先は、翌日の夕方には判明した。第一中央銀行本店のある日比谷界隈をわざと避けたのか、新宿に昨年新しくオープンしたシティホテルである。ぼくがそのことを本郷さんに報告すると、本郷さんははじめて興奮した声になった。

「そうか、よし今日はそこまででいい。明日そのホテルのロビーで午前九時に待ち合わせよう」

と告げ、

「平井、ご苦労さんだったな。もう尾行は今日で終わりだ」

突然、尾行打ち切りを宣言したのだった。ぼくはなぜ杉山がホテルに入ったらマークを中断していいのか理由が分からなかった。

途中で食事をしてアパートに戻ったのは午後八時頃だった。ドアを開けると、久美子が部屋にいた。

「どうしたの?」

と声をかけると、夕刊を広げて眺めていた久美子は、顔を上げ、

「今日からまた出張」

と言った。

三年前に別れたはずの久美子から電話がかかってきたのは、半年ほど前のことだった。彼女はぼくと別れてすぐに結婚した。知り合ったのはぼくが就職したばかりの頃だから、彼女とは支局暮らしの四年をはさんで六年以上付き合った計算になる。ただし、支局時代は一ヵ月に一回会うか会わないかだった。彼女はぼくの大学時代の友人の彼女の友達だった。ごくごく平凡な出会いといっていい。

別れるとき、「あなたがあんまり待たせたから」と言われた。その時は、すでに彼女には別の男ができていた。ぼくが本社にもどってから一年間、彼女は両方と付き合っていたのだった。そのことを知ってぼくが彼女を平手で殴りつけたとき、彼女はそう言った。これもどこにでもある話だと思う。

いまの夫は、その両天秤の片方だ。

不意に電話してきて久美子は「ちょっと会いたいの」と言った。「どうして」とぼくが尋ねると、「最近、ときどきあなたのことを思い出すのだけれど、その顔がはっきりしなくて、すごく苛々《いらいら》して眠れなくなる」と言った。ぼくはそんなことは理由にならないと思ったが、結局、翌週の火曜日（たしか火曜日でぼくが代休をとった日だった）の午後、彼女と会った。食事をして、昔よく行った公園でお喋りをした。

久美子はしきりにぼくが盛岡支局にいた頃、一緒に歩いた盛岡の町を懐かしがった。北上川はほんとうに澄んでいて、美しい川だった、というように。

その晩、久美子はこの部屋に泊まった。ぼくが大丈夫かと聞くと「出張だから」と答えた。彼女の夫は中堅の商社に勤めていて出張が多いのだそうだ。

久美子は三年振りに見るぼくの部屋を見回して「わたしが来ていた頃と全然変わっていないのね、懐かしいなあ」としきりと言った。抱くと胸のなかで身をちぢこませて「私たちどうして別れたりしたのかしら」と呟いた。君が勝手に離れていったんだ、とぼくは喉元まで出かかったが口にはしなかった。

その日ひと晩のつもりがもう半年も続いている。最初は月に一度、が二度になり、いまは毎週会っていた。ひと月ほど前には、

「主人も、何となく私たちのこと勘づいているみたい」

と物騒なことを彼女が言った。ぼくが、

「だって、俺のことなんて知らないだろう」

と言うと、

「昔の彼だったことは知っているわ」

「どうして？」

「だって、結婚する前に全部告白させられたもの。彼、ほんとうに嫉妬深いの。私のアルバムにあったあなたと一緒の写真、みんな焼いちゃったんだから」

その話を聞いて、ぼくは呆れてしまった。

最近は彼女の顔を見るたびに、抜き差しならなくなる前に早くケリをつけなければ、と思うが、週に一度定期的にセックスができるのは正直なところぼくにとって大助かりだったから、久美子が妙に真剣な素振りを見せはじめているのを薄々感じながらもなかなかに別れがたいのだった。

7

九時の待ち合わせのはずが、本郷さんは一時間も遅れてフロント・ロビーに姿をあらわした。ぼくはその顔を一目見て思わず「どうしたんですか」と叫んでしまった。頰骨のあたりから顎の下にかけて真っ赤に腫れ上がった傷が二本、本郷さんの顔にくっきりと浮かんでいた。

「いや、なんでもない。ちょっと出掛けにアイツと痴話喧嘩やらかしちまって」

アイツというのは栗田千尋のことだろう。

「大丈夫ですか、結構深いみたいだけど」

「心配ない、爪を立てられただけだ」

本郷さんは、急ごうと言って先に立ってエレベーターホールの方へぐんぐん進んで行く。ぼくは慌てて後を追った。

ぼくたちは二階にあるホテルの営業部に入っていった。本郷さんが名前を言うと、恰幅のいい人物が「お待ちしておりました」と大きな声で立ち上がって近づいてきた。

ぼくたちは支配人室に通され、そこでさらに恰幅のいいこのホテルの支配人と対面した。

「飯山会長からお話は伺っております。ただ、何分特別のことでございまして、このことはくれぐれもご内聞《ないぶん》にということで」

本郷さんは頰の傷のあたりを右手でなぞりながら鷹揚《おうよう》に頷き、

「こちらのホテルにご迷惑をかけることは一切ありません」

と言った。一体この二人の間でどんな約束が交わされているのか、ぼくにはまったく見当がつかなかった。飯山会長というのがたぶん明信銀行の飯山正美のことだろうと分かっただけだった。

しかし、それから三十分もしないうちにぼくはすべてを理解した。なぜ昨夜本郷さんが尾行を打ち切ったかということも……。

数時間後——。ぼくは基礎的なホテルマンとしての挨拶の仕方、この大きなホテルの主要設備の所在、客室係の要領などを、これからぼくを担当してくれるチーフマネージャーの倉田さんから教わり、ホテルのロビー正面にかかしのように突っ立っていた。むろんフロアボーイの制服を身にまとって。

ベージュに金モールの詰め襟、白いサイドラインの入った黒いズボン、そして黒い丸帽子。これから半月以上、ぼくはにわかホテルマンとしてこのホテルで勤務することになったのである。

「いくら取材だといったって、ほんとうにこんなことまでやっていいんですか」

ぼくの姿を見て噴き出しそうにしている本郷さんにぼくは訴えた。

「当たり前だ、これが本当の取材だ。杉山は大河内という偽名で十六階のスウィートを取っているようだ。さっきお前が講習を受けているあいだに顔写真で確認をとっておいた。これからルームサービス、ランドリー、ベッドメイク、とにかく杉山のスウィートからのリクエストには全部お前が出向くことになっている。連絡がフロントから入ったら、すぐに駆けつけろ。やつの部屋の書類、部屋の中にいる人間の顔、みんな記憶に焼きつけるんだ。話をしていたらそれとなく耳をそばだてろ。必ず、それらしい話をしている。その気で聞けば分かる」

本郷さんは、そう言って去っていった。ここまでやるなら、部屋に盗聴器でも仕掛けたらどうですか、ぼくはその後ろ姿に思わず毒づいていた。

杉山の部屋が明らかに異様な雰囲気であることは最初の日の夜から分かった。ハッカチョコレートを持ってベッドカバーを外しに出向いた時も、若い男が薄く扉に隙間を作って、必要ないと手ではねつけたし、コーヒーを運んだ時も、ワゴンごと扉の前で受け取り、ぼくを部屋の中に入れようとしなかった。ぼくがこの取材ではじめて緊張したのは、その時である。本郷さんの読みは多分間違いないだろうとぼく自身も確信を持った。

そして、九日目の午後八時。ぼくは玄関ロビーを入ってくる第一中央銀行頭取、坂本一の姿を認めた。あわてて姿を隠し、フロントの裏から本郷さんに電話を入れた。

「坂本が来ました。どうしましょうか？　いまエレベーターを待っています。一応、杉山の部屋に上がるのかどうか後をつけますか」

本郷さんは最初浮かない声だった。ずいぶん疲れているようで心ここにあらずといった感じだった。だが、しばらくすると、

「バカ！　坂本が他のどこにいくっていうんだ。それより玄関から目を離すな。きっともっと意外な人物が来るぞ。光栄の酒田、それに大蔵の内田あたりも顔を出すかもしらん。そうなれば、今日、合併交渉はトップ会談に移行したことになる。とにかく注意しろ、そして内田がやって来たら、後をつけて部屋に入るのを確認するんだ」

大蔵省銀行局長の内田昭夫が来るかもしれない、本郷さんにそう言われた瞬間、ぼくの身体は震えた。電話を持つ右手が痺《しび》れたようになって思わず電話機を取り落としそうになった。

いよいよ最終段階だな、本郷さんは電話の向こうで笑っていた。頬がちょっとひきつったような本郷さんの笑いが目に浮かぶようだった。

十月十二日火曜日、午後十時二十三分、内田銀行局長はふたりの部下をひきつれて、やや緊張した面持ちでぼくが立つホテル正面玄関から入ってきた。

飛んで火に入る夏の虫、とはこのことだ。目の前を通りすぎる彼ら三人を見送りなが

らぼくは思った。そして、ぼくは堂々と彼らとおなじエレベーターに乗り合わせ、十六階で共に降り、一六三〇号室に消える彼らの姿をこの目にしっかり焼き付けたのだった。

——第一中央銀行、光栄銀行と合併へ

中央経済新聞の第一面を飾る白抜きの大見出しが、ぼくの網膜の上でその三人の姿と見事に重なりあった。

それはまさしく戦後金融史上最大のスクープ記事である。

ぼくは、急いでロビー階に降りると本郷さんの携帯電話のダイヤルを押した。

だが、いくらダイヤルを押してみても回線が通じなかった。ぼくは動転した。何度も掛け直したが一向に応答音がない。そのうちようやく繋がった。

「ただいまお掛けになった電話は、電波の届かない場所におられるか、電源が入っていないため掛かりません」

一体どういうことなのか。ぼくは途方に暮れた。その直後、フロントから、

「平井さん、お電話です」

という声が聞こえた。

慌ててフロントデスクに駆けつけ、その時はじめてぼくは自分が衆人環視のロビーの真ん中で携帯電話を取り出し、ダイヤルを押していたことに気づいたのだった。

電話は本郷さんからだった。

「どうしたんですか。いま内田が部屋に入りました。さっきから電話していたんですよ。電源を間違って切ってしまってたでしょう」

「平井、悪いがすぐにこっちに来てくれ」

本郷さんは苦《にが》り切った声で言った。

「えっ」

「大至急だ。緊急事態になった。着替えの時間も惜しい。その格好のまま車に飛び乗ってくれないか」

「どういうことですか」

しかし、それ以上本郷さんは何も言わない。

「とにかく来てくれ、来れば分かる」

そして電話は唐突に切れた。

受話器を置いたあと、ぼくは「こっち」というのがどこなのか聞き忘れたことに気づいた。しかし、多分、栗田千尋の部屋だろう。緊急事態が何であるのか見当もつかなかったが本郷さんの異様に押し殺した声は尋常とは思えない。ぼくは、急いで正面玄関でタクシーを拾って、代官山にある栗田千尋のマンションに向かったのだった。

8

　山手通りでひどい渋滞に巻き込まれ、代官山の栗田千尋のマンションに着いた時は、十二時近くになっていた。内田銀行局長の姿までは確認したが、そのあと、たぶんやってくるであろう光栄銀行頭取の酒田良介の姿をチェックすることができなかった。それがぼくは残念だった。本郷さんも肝心なところで気勢を削《そ》ぐようなことをする。しかし逆にいえば、取材の大詰めを度外視してでもぼくを呼びつける緊急事態というのは余程のことなのだろう。ぼくは、背中と鼻面を同時に引っ張られているような気分を抱え、遅々として進まないタクシーの中で苛立っていた。

　栗田千尋のマンションは十階以上はありそうなずいぶん立派な建物だった。

　各階振り分けになっているらしく、いくつもエレベーターホールが廊下に並んでいた。何ヵ所もある郵便受けのネームプレートをひとつひとつ確認し、六〇三号室だと分かった。

　インターホンを押すとすぐにドアが開いた。本郷さんが顔を出し、ぼくを狭いドアの隙間から引っ張り込むように中に入れた。

「悪いな、平井」

　玄関で本郷さんは言った。ぼくは本郷さんの着ているワイシャツの袖《そで》や胸のあたりが赤く染まっていることに気づいた。

「それ血じゃないですか」

　本郷さんはひとつ大きなため息をついた。

「彼女、奥の部屋で寝ているんだ。俺はいまから光栄の瀬川のところへ行ってくる。朝方までには戻ってくるから、それまであいつの側についていてくれないか」

「何があったんですか」

　大体のことは血染めのシャツで想像がついたが、ぼくは尋ねた。

　本郷さんはシャツを脱ぎはじめている。ぼくの顔を見て、早くこの場から逃げだしたい風がありありだ。

「いろいろあってな。お前から最初の電話が来たあと、俺がお前のところへ行こうと支度をはじめたら大騒ぎしだしてな。携帯電話を床に叩きつけてぶっ壊しちまうし、部屋中のものをめちゃくちゃにするし、まったく手がつけられん」

「その血は？」

「急に自分の部屋にひっこんで妙に静かになったからドアをこじ開けてみたら、これだよ」

本郷さんは左手の手首の裏を右手のひとさし指と中指でひっかいてみせた。

「まあ、カッターナイフだったから傷はそれほどでもなかった。お前に電話入れる前に一応病院には連れていった。いまは医者がくれた睡眠薬を飲ませて居間のソファに寝かせている。もうこれ以上騒いだりはしないだろう。もうしわけないが、今夜一晩だけ様子を見ておいてくれ」

じゃあ、ちょっと俺は着替えてくるから、そういって本郷さんはドアが開いたままの玄関脇の小部屋に入っていこうとする。ぼくはその腕を後ろから摑んで引き戻した。

「ちょっと待ってください」

ぼくは言った。本郷さんが怪訝《けげん》な目つきになってぼくを見た。

「どうでもいいけど、そりゃあないでしょう。なんでぼくがそんなことまでしなきゃならないんですか」

本郷さんはますます不思議そうな顔になる。ぼくは無性にその間抜け面に腹が立った。

「彼女がなんで手首なんか切ったか事情は知りませんが、それは本郷さんの私的な問題でしょう。部外者のぼくは、そういうプライヴェートなことに深入りするのは御免です。そんなに心配だったら自分で側についててやればいい。瀬川のところへ行くのは明日にでもしてください。ぼくはぼくの持ち場がありますからこれで引きあげます」

ぼくがそう言った瞬間、本郷さんの顔は奇妙にゆがんだ。それは、泣き笑いのような
ぼくが初めて知る人間の表情だった。

「お前……」

うめくような声だった。

「お前、俺の仲間じゃないか」

そして絞り出すように本郷さんは言ったのだった。

ぼくは本郷さんの目を見た。この一ヵ月半二人きりでスクープネタを追って一緒にやってきたんじゃないか。そしてとうとう合併の確証を摑んだ。いまが決戦の時なんだぞ。ここで一気にリーチをかけるんだ。どうしてこの程度の頼みをお前がきいてくれないんだ。私的な問題とは何だ、部外者とはなんだ、何を水臭いことを言ってるんだ、お前は
――本郷さんの目はそう語っていた。

正直なところ、ぼくにはその気持ちの半分も理解できなかった。ただ、

「瀬川はどうしても今夜じゃないと駄目なんですね」

気づいてみるとそう言っていた。本郷さんは、ちょっと苦い目でぼくを見た。

「瀬川は今夜のことも知らされている。あいつはこの合併には反対だろう。俺の聞いた

範囲では、第一中央なんか引き受けてしまったら光栄の屋台骨までへし折れるんじゃないかと相当強硬に反対しているらしい。奴はこの合併に関して腹を括《くく》っていない。それがこっちの狙い目だ」

瀬川泰造は光栄銀行の副頭取で、酒田頭取の後継者と目されている人物だった。

「とにかく、今夜中に奴に会ってこっちが摑んでいるネタを全部バラす。たぶん、坂本、酒田、内田の三者会談はいまもつづいている。朝方までかかって合併でまとまるはずだ。それが大蔵の意志だ。俺が瀬川を訪ねれば、奴は泡食って俺が引きあげたあとにホテルに必ず連絡する。明日の朝一番に、内田からこっちに記事を止めろと言ってくる。間違いない。それでこの話は確実な裏が取れる。明後日の朝刊で記事を入れる。平井、お前が書くんだ。俺は、瀬川の家のあと鹿島局長のところへ行って、大蔵がいくら圧力をかけてきても引かないように話をつけてくる」

本郷さんは落ち着いた声で言った。そして、

「平井、これで俺たちの勝ちだな」

とぼくの肩を両手で摑んで、大きな目でぼくを見据えた。ぼくは、その目の異様な輝きにまるで吸い込まれるような錯覚を覚えた。そこにはたったいま手首まで切った女の姿はひとかけらも残ってなどいない。

ぼくは、瞬間的に何かを感じた。これまでぼくが決して掴むことのできなかった、それでいて生まれてすぐから探しつづけてきた何かを、たったいま、教えられたような、どうしようもなくそんな気がした。

「わかりました」

ぼくは頷いた。

「ちょっと来い」

本郷さんに促されて、ぼくは一緒に玄関脇の狭い部屋に入った。そのとき、奥の方から、

「孝ちゃーん、孝ちゃーん」

という微かな呼び声が聞こえてきた。それはかすれていまにも消え入りそうな声だった。あの栗田千尋のものとはとても思えない、二度と聞きたくないような声だ。

しかし、本郷さんはまったく注意も払わぬ様子でさっさとぼくの前で血に染まったシャツを脱ぎ捨て、新しいシャツに着替えていく。狭い部屋のクロゼットには、ワイシャツやネクタイ、背広の類が幾組か揃っていて、そのどれもが真新しかった。

ネクタイを締めながら、本郷さんが、

「平井、その机の上の俺の鞄の中に表紙のちぎれた薄い冊子が入っているから、抜き取

れ」

と言う。鞄をさぐると、折れや汚れの目立つ小冊子が見つかった。たしかに最初のページから十数枚が無造作に破り取られた、それは奇妙な資料だった。

冒頭に「B案」とタイプ印刷され、ページを繰ると箇条書きに幾つかの項目が並び、膨大な数字が羅列してある。「資本比率」「店舗網の調整」「償却債務額」といった項目がまず目についた。

「これは?」

ぼくはきいた。

「今晩中に読んで、頭に叩き込んでおいてくれ。光栄と第一中央の合併はそのシナリオ通りに進む。それを使って書けば、もう大丈夫だ」

「どこで手に入れたんですか。これ大蔵の秘密資料でしょう」

本郷さんは不敵な笑みを浮かべた。どうだと言わんばかりの表情だ。

「それを手に入れるだけで一ヵ月かかった。さすがにしんどかったよ。ただ、そのシナリオは一年前に銀行局銀行課長を中心に作り上げられたものだ。B案は読めば分かる通り第一中央と光栄の合併を前提としている。A案は自主再建、C案とD案は明信をはじめとした光栄以外の銀行への合併案、そしてE案は銀行団への分割案だったようだ。俺が手に入れられたのはそのB案分だけだった。多少、状況の変化もあるが、まあ大筋はその線で固いだろう」

「それにしても、こんな機密資料を一体どこから手に入れたんですか」

本郷さんは上着をはおると、鞄を摑んで部屋を出た。

玄関でそそくさと靴を履《は》き、ふと振り返ると、

「それは、いくらお前でも言えないな」

にやりと笑って、

「といいたいところだが、出もとは山口一郎だよ。じゃあ行って来るぜ相棒」

そう言って、本郷さんは出ていった。

ぼくは山口一郎という意外な名前を聞いて、本郷さんの底知れぬ取材源の一端を垣間《かいま》見《み》た気がした。山口は、この六月に旧野党による連立政権が誕生するまで、与党・保守党の大物として大蔵省に君臨した前大蔵大臣である。

9

「あの人が呼んだのね、ひどいわ」

手首に白い包帯を巻き、やつれきった顔でソファに横になっていた千尋を、台所の光だけの暗がりで、側の椅子に座って眺めていると、いつ気づいたのか不意に彼女が言った。

「仕方なかったんだ」

ぼくは言った。

「大事な仕事なんだ――でしょう」

千尋は顔を天井に向けたまま、薄く笑おうとしたが頬の肉がかすかに震えただけにぼくには見えた。

「今夜ですべてが決まる。これを逃したら向こうだってどう出てくるか分からないだろう。行くしかない」

千尋は一度小さな咳をした。

「あなたもアイツと同じことを言うのね。そんな人だと思わなかった」

「眠った方がいい」

ぼくが言うと、しばらく彼女はおとなしくなった。

「私、今日、彼の子供を堕ろしてきたわ」

だしぬけに彼女は言った。

「三ヵ月だった。もう目も口もあるんだよ、ちゃんと人間の格好していたんだよ」

涙は暗くてよく見えなかったが、彼女のすすり泣く声は聞こえた。

「いくら仕事が大切だって、今晩ひと晩くらい私の側にいてくれたっていいでしょう。私がどんな気持ちで病院に行ったと思ってるの。女の気持ちなんてどうでもいいの。私がどんな気持ちで毎日彼の食事を作ったり、彼の着替えを揃えたりしていたと思うの。子供ができたって言った時だって、忙しくってそれどころじゃないなんて……。そんなことってある。あんまりバカにしてるんじゃないの」

えーん、と千尋は包帯でぐるぐる巻きになった左手で涙を拭った。それはどう見ても、やはり哀れな姿だとぼくは思った。

「間《ま》が悪かったんだよ、それだけだ」

ぼくが言うと千尋はふたたび黙り込んだ。鼻をすする音だけが静かすぎる部屋の中で響いている。

ぼくは、なぜか杉山博人の背中を思い出していた。ああやって、敗北の中でさえ全力で闘っている人間がいる以上、ぼくたちもすべてを賭けて迎え討つことがこの世界のルールなのだ、ぼくは栗田千尋にそう言いたい衝動に駆られた。どうしてそんな単純なことが分からないのか、と。

その時、千尋がはじめてぼくの方へ顔を向けた。

「それにしても、あなたのその格好、すごく変ね」

ぼくは、ホテルマンの制服のまま飛んできたことを思い出した。

「そうかなあ」

「そうよ」

千尋が笑っていた。

「バカみたい、あなたたち。一体何やってるのよ」

「それもそうだよなあ」

つられてぼくも笑った。

千尋の瞳に、ようやくいつもの挑むような光がわずかに戻っていた。

「私たち、もう駄目ね」

急にさばさばした口ぶりになった。

「残念だけど、たぶんそうだね」

こういうとき、ぼくは気やすめを言うことができない。

千尋の瞳からみるみる大粒の涙がこぼれだした。今度は両手で顔を覆う。

「もう帰ってよ。あなたの顔なんか見たくもないわ」

ぼくは次の反応に身構えたが、千尋はただぼくに背を向けただけだった。小さな肩を震わせて彼女は嗚咽《おえつ》していた。

ぼくは、寝入った千尋に毛布をかけ、側で夜を明かした。本郷さんが帰ってきたのは午前七時頃だった。本郷さんは眠っている千尋の顔を覗き込み、ぼくに微笑んだ。それはまるで子供のような顔だった。

「すまなかったな。なんだったら隣の部屋で寝ていくといい」

彼は言った。

「これからどうするんですか」

ぼくはきいた。

本郷さんは持ってきたコンビニの袋をぼくに見せて、

「こいつにうまい朝メシでも作ってやろうかと思ってね」

と小声でささやいた。ぼくは、

「原稿、今夜入れればいいんですね」

と確認した。

「ああ。瀬川にも明日の朝刊だと予告しておいた。今日一日はうちのお偉方《えらがた》が右往左往する。押さえは鹿島にやらせればいいさ。俺たちは夜にでも、会社に出ればいい」

「分かりました、じゃあぼくはこれで引きあげます」

本郷さんは、そうか、と言ってぼくを玄関まで見送ってくれた。

外は快晴だった。肌をさす冷たい風が心地よかった。いつのまにか季節ははっきりと秋になっている。

アパートに帰り、冷蔵庫からビールを出して飲んだ。千尋の泣いてすっかりむくんでしまった寝顔を思い出した。それでも、彼女は昼前には目覚め、たぶん傍らで寝込んでしまっている本郷さんの姿を見つけるに違いない。そのとき、彼女は何を感ずるのだろうか。トイレにいけば下着にべっとりとこびりついた堕胎《だたい》の痕跡を認めるだろう。下腹部は妙に重苦しく、しばらくは身体を動かすことも辛いにちがいない。けだるく、熱っぽく、せっかくの本郷さんの手料理（それはどうせそんなに旨くはないだろう）も、味はしない。数日間は白い太ももをぴったりと閉じ、直立不動の姿勢でシャワーを使う。浴室の鏡に映った自分のそんな情けない姿に、幾度かは涙するに違いない。

そうやって、きっと彼女は、薄皮を剝がすように本郷さんへの気持ちを失っていく。

ぼくはそうであって欲しいと強く思った。彼女には、やはりその方が似合っているという気がした。

10

アパートで三時間ほど仮眠をとって昼過ぎにはぼくは出社した。編集局に顔を出すと鹿島局長が席に近寄ってきた。

「平井君、ちょっといいかな」

そう言って、小部屋に連れていかれた。茶色の長いテーブルに向いあって座ると、

「今度の取材はご苦労さまでした。予定通り、今晩原稿を入れてもらいます」

局長はかなり緊張した面持ちで言った。

「大蔵からは何か言ってきたんでしょうか」

ぼくは一番気になっていることを聞く。

「さきほどまで、内田銀行局長がぼくのところに来ていました。光栄と第一中央の合併については、君や本郷君の取材通り、現在進行中であることを局長は認めてくれましたよ。ただ、向こうの要求は、もうしばらく記事にするのを待ってくれないかということです。もちろん一報はうちが打つことでOKです。ただ、うちの記事と同時に間髪《かんはつ》を容れずに大蔵としては両行に合併の記者発表をやらせなくてはならない。そのためにはま

だ条件その他で詰まっていない部分がある、その猶予期間が欲しいということでした」

「それで」

鹿島は、ちょっと口ごもった。

「一応、今晩君には原稿を入れてもらいます。こちらとしても大蔵の約束を全面的に信じるわけにはいかない。いつでも刷れる態勢にして向こうのGOサインを待つということです。その間、内田局長と連絡を取り、情報を提供してもらうことを約束しました」

ぼくは驚いた。

「じゃあ、明日の朝刊で打つことは中止なんですか」

「いや、そうじゃない。そうなるケースもあります。向こうの動きが信用できなければ記事にする。そういうことです」

鹿島は苦しそうな表情になった。ぼくは、それでは話が違うと思った。

「本郷さんはそれで納得したんですか」

「いや、本郷君にはまだ知らせていない。その前にまず君に納得してもらいたいと思ってね」

途端に鹿島は上司の強圧的な物言いになったのだった。

「ぼくの一存で了承はできません。本郷さんと相談します」

鹿島は一瞬不愉快そうな顔をしたが、すぐにそれを消して、

「分かりました。じゃあ、本郷君が来たら一緒に相談しましょう。彼もそろそろ上がって来ますね」

「たぶん」

とぼくは答えた。

小部屋を出て、胸が裂けそうな怒りを感じた。鹿島は結局、内田の言いなりになっただけではないのか。今朝、本郷さんは鹿島に任せるといってすっかり安心した風情だった。どうしてそんなことを彼は信じたのだろうか。いかにも彼らしくない計算違いのような気がした。やはり千尋との一悶着で、さしもの本郷さんも集中力を欠いていたのかもしれない。

ところが、ぼくが本郷さんに電話でそのことを報告すると、彼は、

「そうだろうな」

と簡単に言っただけだった。

「まあ、平井カッカするな。記事は間違いなく明日の朝刊に載るんだから」

本郷さんは自信たっぷりに言って、俺は夕方出るぞと眠たそうな声で電話を切ってしまった。

本郷さんが社に上がってきたのは、午後六時を回ってからだった。ぼくは、その数時間、居ても立ってもいられない気分で過ごした。本郷さんと二人ですぐに、再度、鹿島局長との交渉に入った。その席で、本郷さんが真っ先に聞いたのは、

「内田はしばらく待ってくれといっただけで、あとどのくらいとは言わなかったんですね」

　ということだった。鹿島が頷く。本郷さんはそれを聞くと、ぼくの顔を見てにやりと笑った。それから鹿島の方を向くと、

「鹿島さん、こりゃあ、昨日の夜の酒田と坂本の交渉も不調に終わったようですな。内田もまだまとまるかどうか危ぶんでいる。瀬川から席上に連絡が入って、酒田は事前に合併情報が洩れたら行内をまとめきれないとでも言ったんでしょう。それでうちの記事を何とか押さえるのが先決だとなった。光栄内部はもし情報が洩れれば、合併反対論が噴き出すに決まっている。下手をすると共倒れということは明らかですからね。いくら大蔵でも、そうなれば強引にはやれなくなる」

　そう言って、本郷さんはことさら口調を強めた。

「弱りましたね。うちがいま書けばこの合併は潰れる公算が大だ。そうなれば、せっかくのスクープも幻になる。しかし、書かなければ大蔵は強引に合併に持ちこむ。直前に

それをうちに打たせるかどうか、そのあたりは大蔵を完全には信用できんでしょう」

鹿島は大きく頷いた。

ぼくは、その本郷さんの話を聞いて、はじめて、なぜ彼が昨夜瀬川に会いにいったのか分かった。本郷さんは、この合併交渉がどの程度まで進んでいるのか大蔵のこちらへの反応で確かめたかったのだ。同時に、おそらく最初のトップ同士の交渉の場に、すでに情報が洩れていることを知らせ、光栄側の拒否反応を誘ったのに違いない。

このネタをぼくに持ちかけた時、本郷さんが「こんな合併は潰す」と言っていたことをようやく思い出した。

「いや、だから、私としてはもう少し話が煮詰まるまで様子を見ようと思うんだ。たしかに大蔵がどこまで信用できるか未知数だが、内田は一応の約束はしている。だったら、固まったところで打った方がいいんじゃないか。うちの記事で潰れてしまったら、結局自分で記事を誤報にしてしまうことにもなりかねんだろう。そこは慎重にしないとね」

本郷さんは「なるほど」と呟いた。しばらく三人とも黙り込んだ。

「しかし、鹿島さん、もし大蔵が裏切って抜き打ちに発表でもしてしまったら、ここで記事を見送ったあなたの責任は重大ですよ。いま書けば、現実にそうならないとしても、少なくとも現時点で合併交渉が進んでいることは事実だし、まったくの誤報という話にはならない」

噛んで含めるように本郷さんは言った。

「そういう意味でも、大蔵から確実な言質《げんち》を取ってもらえませんか。合併が決まったらすぐにうちに伝え、記事にさせるというね。なにしろケツが決まっていなくてただ待てという話だ、そこだけはきっちり念書でも出してもらわないことにはこの中央経済新聞の看板が泣くんじゃないですか」

「まあ、それはそうだが……」

鹿島は心なしか青ざめた顔になっていた。

「じゃあ、いま内田に電話入れてくださいよ。まだ省内にいるでしょう。きっちり言ってやってください。確約が取れないんだったら書いちまうってね」

本郷さんはそう言って立ち上がると、小部屋のテーブルの隅にある電話機を持って、鹿島の目の前に音立てて置いた。

「しかし……」

鹿島はあきらかに躊躇《ためら》っていた。

「いや、しばらくというんじゃあ、まだ向こうの動きは読み切れないともいえる。案外、すでに話は決まっていて明日にでもドカンと公表する気なのかもしれないしね。最初からこっちの足元を見て、騙《だま》くらかしているだけかもしれないでしょう。とにかく、そこのところを詰めてくださいよ。こっちはネタはちゃんと揃ってるんですから。平井だって早く記事にしたくてうずうずしているんだ」

鹿島は仕方なさそうに受話器を持ち上げた。ぼくには本郷さんの威圧に押されて動揺している鹿島の姿が滑稽なくらいだった。

ゆっくりとダイヤルを回す。

しばらく待たされて内田が出たようだった。鹿島はいましがた本郷さんに言われたことをそのまま内田に話している。

「いや、ですがねえ、ある程度、時期の特定や事前のブリーフィングぐらい特別にやっていただかないと、こっちも現場がうんと言わんのですよ」

はっきりしないやり取りが十分ほどつづいた頃だった、本郷さんが鹿島に「私が代わりましょうか」と言ったのだ。そして半ば強引に彼は鹿島の手から受話器を取り上げた。

「中経の本郷です、どうもお久しぶりです。今日はわざわざうちまでご足労いただいたそうで、えらいすんませんでしたな。ご趣旨のほどは局長からだいたい聞かせてもろてます。けど、一方的に記事を書いてくれるなと言うんは、こちらとしても納得でけん話ですわ」

ぼくは、本郷さんの言葉が突然大阪弁になりはじめたのでびっくりした。

「そら、そちらさんの事情もわかりますけど、勘違いしたらあきまへんな。もうネタはあがってまんねや。明日の朝刊一面全部埋めるくらいの材料は揃ってまんねんで。それやめろ言うからにはよっぽどの理由がおまへんと、鹿島局長やぼくはともかく、下のもんらを納得させられしまへんのや。なんせこの二ヵ月間、夜も寝させんとこき使うてきましたからな。この件にはみな、めちゃめちゃ入れ込んでますんやわ」

はあ、はあ、と本郷さんはほくそえみながら相槌《あいづち》を繰り返した。

「そら、おたくさんらの理屈でんがな。信用不安やとおっしゃいますけど、そないな脆《ぜい》弱《じゃく》な銀行をぎょうさん作ってしもたんはおたくら大蔵省とちゃいまんのか。それを今になって金融秩序の維持だの、取り付け防止だの言われても、ぼくらも困りますわなあ。どこぞの世間さんに、クソボロに駄目になってしもた会社を潰しもせんと生き延びさせるとこがありますかいな。よう潰しきらんかったから合併やっちゅう理屈もわからんことはおまへん。そやったら、ぼくらなんぞにケツかかれんよう、あんじょうやらはるんがおたくさんらの務めでっしゃろ。それを、バレてしもたから言うて記事にせんといてくれっちゅうんはちいとムシが良すぎまっせ。お国の旗を振り回せばどないな無理も通る思うてるんやったら、そら、とんだお門違《かどちが》いでっせ」

「本郷君、本郷君」

そばで聞いている鹿島が泡食ったように手を伸ばして本郷さんの受話器を取ろうとした。本郷さんは送話口を右掌で覆うと、一旦受話器を耳元から離し、

「素人はひっこんどかんかい、このドアホ！」

と鹿島に言い放った。鹿島の顔がみるみるどす黒くなったが、彼は立ち上がると席を蹴って小部屋から出ていった。腹いせに思い切りドアを閉めたせいで大きな音が狭い部屋中に響いた。ぼくは呆気《あっけ》にとられながら鹿島局長の姿を見送ったが、大蔵省幹部相手に喧嘩を売っている本郷さんに恐れをなして、責任から逃れるために彼は遁走したに過ぎないとぼくには見えた。本郷さんはすました顔で再び受話器を耳元に近づけた。

「内田さん、あんたたち業界をいいようにひねってきたんでしょう。何でも自分たちの言う通りに従わせてきたんだ。たかがブン屋ふぜいのぼくらが記事書いたくらいで、そんなにビビらなくてもいいでしょう。光栄が言うことを聞かないというのなら、今晩一晩で、ウンと言わせちまえばいいじゃないですか。これまで全部そうやってきたんでしょう。まだうちの新聞が配達されるまでに半日近くあるんだ。こんな長電話で油売っていないで、さっさと酒田でも坂本でも役所に呼びつけて、合併をまとめちまえばいいじゃないですか。とにかくこっちは、このままやりますから。鹿島局長もとっくに腹括っ

てくれてます。いくらあんたが頑張ってみても、もう記事は止まりませんよ」

本郷さんは大阪弁をやめて最後にそう言うと、そのままゆっくりと受話器を置いた。

11

光栄銀行と第一中央銀行の合併は、結果的には実現しなかった。ぼくの書いた記事は、金融業界にパニックに近い現象を招いた。記事が出た当日から、証券市場での第一中央の株価は一時急騰し、そして急落した。またその一方で第一中央の経営危機の実態は一気に表面化した。

光栄側でも、寝耳に水の情報に接した行員たちは猛然と合併反対の狼煙《のろし》をあげた。合併案がほとんど光栄による吸収に近い形であったことから、第一中央側の役員陣の中にも公然と合併に異を唱える人間が出て、とても収拾のつく状況ではなくなってしまったのだった。

ぼくが意外だったのは、光栄銀行に次ぐ大手都市銀行、明信銀行の飯山正美会長が光栄と第一中央の合併に徹底的な批判を行なったことだった。光栄と常に激しいトップ争いを演じてきた明信は、ここで光栄が第一中央と合併することでウルトラバンクと化し、完全に水をあけられてしまうことを極度に恐れたのである。同時に、光栄が大蔵省の意向に沿って止むなく第一中央を引き受けたとなれば、つぎは明信がどこか不良債権を抱えた銀行を引き受ける番であることを、会長の飯山は敏感に感じ取ったのだ。飯山は全銀協の前会長であり経団連の有力副会長として財界に隠然《いんぜん》たる力を持っている人物であった。同時に、現連立政権首相、青柳浩一郎の後ろ楯とも噂されていた。

この飯山の痛烈な反対によって、合併劇は完全な頓挫をきたした。即日否定会見を開いていた光栄、第一中央だけでなく、記事が出た三日後には、とうとう監督官庁である大蔵省も内田銀行局長自らが、

「中央経済新聞の記事は事実無根であり、一切そのような事実はない」

と声明を出さざるを得ない事態に追い込まれたのだった。

しかし、ぼくの記事が事実無根だと信じる業界関係者はひとりもいなかった。本郷さんの予測通り、ぼくの記事によって大蔵は無理な両行合併策を撤回せざるを得なくなったのだ、と誰もが認識していたのだった。

同時に、都銀第五位の第一中央までが合併寸前に追い込まれているという事実は、あらためて現在の銀行全体の経営危機の深刻さを国民に強烈に印象づけた。さっそく開会中の秋の通常国会に衆議院金融問題特別委員会が設置され、大蔵省のこれまでの行政指

導の欠陥、責任を問う声が与野党議員から湧き起こった。

中途半端な不動産買い取り機関の設置や、安易な公定歩合引下げ、機関投資家への株売買の事実上の禁止措置など、およそ根本的な金融行政とは呼べない弥縫策《びほうさく》で問題を糊塗《こと》してきた大蔵官僚たちは、厳しい批判の矢面《やおもて》にさらされることになったのである。

額に汗を浮かべながら国会で政府委員答弁を行っている内田の姿をテレビで見ながら、ぼくは、心の中で快哉《かいさい》を叫んでいた。

記事が出た翌日、本郷さんが書いた飯山明信銀行会長の痛烈な合併批判のインタビュー記事が載った夕刊を手にして、ぼくは例によって夕方遅く出社してきた本郷さんの席に行った。

「本郷さん、これもあなたが最初から仕組んだことでしょう」

記事を突きつけてぼくが言うと、本郷さんはただにやにや笑っていた。

「やっぱりね」

だから、あのホテルでぼくがにわかホテルマンになった時、飯山が口をきいてくれたわけだ。

本郷さんは、よく見ると今日はいやにすっきりとした顔をしている。いつもの不精髭もきれいさっぱり剃って、五つ六つ若返った感じだ。

「あのホテルは、明信系列の会社が資本参加して建てたホテルだったからね。ホテルの名前を聞いたとき、これで行けると俺は思ったよ。内田も坂本もそこまでは考えなかったってことだ。銀行局長といったってその程度のものさ」

そして、本郷さんは「飯山正美はこの国で最後の本当のバンカーだと俺は思っている」と言った。

ぼくは、かねてから尋ねたかったことを聞いた。

「それにしても、鹿島さんはどうしてあの後、記事を止めにかからなかったんでしょう」

再び、本郷さんは笑った。

「あいつは、結局ああするしかなかったのさ」

ぼくは首を傾げた。

「どういうことですか」

本郷さんは、ぼくの方に椅子を近づけた。

「平井、うちのメインバンクはどこだか知っているか」

その一言でぼくはようやく鹿島局長がなぜ、最後に記事の掲載を呑んだのか分かったのだった。

「メインバンクのトップからうちの社長に電話をされちまったら、鹿島だって諦めるしかねえだろう。しかも相手は飯山正美だ。うちだって商売で新聞を刷ってるんだからな」

「じゃあ、なぜ最初から局長にそれをぶつけなかったんですか？」

ふふん、と本郷さんは鼻を鳴らしてみせた。

「そりゃあ、あいつに自分のケツの穴の小ささを骨の髄まで思い知らせてやるためさ。大蔵のしかも銀行局長から直接圧力をかけられて、あの臆病者はさぞ肝《きも》を潰したことだろうよ。日頃でかい面をしている奴に限って、金玉が小せえもんだ。鹿島はその典型だ。俺が怒鳴りつけた時のあいつの顔を見ただろう。顔面蒼白できっとションベンちびってたぞ」

そう言って本郷さんはケラケラ笑った。

「この四年間、俺はあいつだけは許せなかった。自分の女を寝とられたからって、自分でそのことを社内中に流すような奴が、この会社で実力者の顔してふんぞり返っていやがるのは俺は我慢できねえ」

「じゃあ……」

加奈子が鹿島の愛人だったという噂の火元は鹿島局長本人だったのだ。本郷さんは最初からそのことを知っていたのだろうか。それともやはり、結婚した後に知ったのだろうか。

「ああいう男ははったりだけで生きているんだ。今度のことで奴のプライドはズタズタだよ。それだけじゃない。大蔵はこの恨みは永久に忘れない。これから陰に陽にこの中央経済にプレッシャーをかけてくる。その時、憎まれ役になるのはあいつだよ。大蔵は決して鹿島を許さないぞ。そうなりゃ、うちだって商売がかかっている。おいそれと大蔵に睨まれた人間を出世させるほど今の社長もバカじゃないだろうぜ」

ぼくは本郷さんの言葉に息を呑んだ。だから彼は内田との電話で、最後まで鹿島の名前を持ち出しつづけたのか。しかし、それを言うなら本郷さん自身は大蔵から編集局長以上に憎まれてしまったことになるのではないか。

「でも、だったら本郷さんだって……」

思わずぼくは呟いた。そしてぼくだって、と思った。

「悪いな平井、俺は今日でここともおさらばだ」

「えっ」

「さっき辞表を出してきた」

「なんですって」

ぼくは素っ頓狂な声を上げた。

「平井、お前はまだ若い。大丈夫だよ」

ぼくは気が動転していた。余りにも唐突な話だ。

「本郷さん、辞めたって、どういうことですか」

本郷さんはいつもと変わらぬ口調で、淡々と言った。

「俺が迂闊《うかつ》だったばっかりに、加奈子には迷惑をかけた。何か隠していることは分かっていたが、まさか鹿島の女だったとは思わなかったからな。気づいてみたら辛く当たっていた。あいつは何ひとつ弁解しなかったけどな。自分でもどうしようもなかった。だけど、どうすればいいか、俺も実は最初から分かってはいたんだ。だが、この仕事が俺は好きだった。どうしようもなく好きだった。それは加奈子への愛情とはまた別だ。だが、これで一応は吹っ切れたような気がする。いまが潮時だ。本当なら、四年前に俺は辞めるべきだったんだ。加奈子のためにも。あいつも本心ではそれを望んでいただろうよ。遅くなったが、これがせめてもの罪滅ぼしかもしらん」

ぼくは、たった一度会っただけの、しかし心に残っている本郷加奈子の顔を思い浮かべた。あの夜、玄関先でのわずかなやり取りの中で、ぼくが彼女に妙にひかれたのは、彼女がすべてを耐え、自分を抑え、ただただ夫の帰りを待ちつづけていることを肌で感じ取ったからではなかったか。

所詮、栗田千尋では太刀打ちできない相手だと、ぼくは最初から知っていたような気がする。千尋自身もそのことは身にしみていたに違いない。

ぼくは、本郷さんの、ちょっと頬をひきつらせたような微笑を見ながら、そんなことを思っていた。

12

本郷孝太郎は、平成五年十月三十一日、中央経済新聞社を退職した。三十一日の晩、社の十八階のホールで盛大な送別会が開かれた。

ぼくは、三百人以上が集まったその会場で遠くから彼の顔を眺めつづけた。思えばたった二ヵ月たらずの短い付き合いだった。だが、そのたった二ヵ月のあいだにぼくは随分たくさんのことを彼から教えられたような気がする。ぼくは自分の仕事が好きになりそうだった。たとえ本郷さんほどではないにしても、たとえ彼ほどの天分がないにしても、生涯をこの仕事に賭けてみようという静かな闘志の炎が、ぼくの心の中に灯ってしまっていた。

社長以下主だった役員が顔を揃え、鹿島局長が送別の挨拶を長々とやっていた。本郷さんは一段高いステージの上で、鹿島局長に笑顔を向けて嬉しそうに、その挨拶を聞いていた。隣には加奈子夫人が寄り添っている。その手には大きな花束があった。

ぼくの隣には、栗田千尋が立っていた。彼女もずっと、本郷さんの顔を見つづけていた。本郷さんは何度か、ぼくと千尋の方に視線をよこした。目が合うと例のにやっとした笑いを浮かべた。

あれ以来、本郷さんと栗田千尋のあいだがどうなったのかぼくは知らなかった。ただ、会場に彼女の顔を見つけたとき、ぼくは自然と彼女の側に近づいていた。

本郷さんの思い出話を同僚が披露するたびに会場は爆笑の渦に包まれた。本郷さんは照れくさそうに俯いて小刻みに肩を揺すっている。横で加奈子夫人が口に手をあてて笑っていた。

ぼくは時々、隣の千尋の方へ顔を向けた。千尋はぼくの視線に気づくと、ちいさく頷いた。

ぼくは千尋に料理を取ってやったり、水割りのお代わりを作ってやったりした。

二時間ほどの送別会も終わり、鹿島局長以下二次会に参加する面々に促されて、本郷さん夫妻は会場出口の方へ向かっていた。同僚の一人がぼくを誘いに来たが、ぼくは仕事が残っていると嘘を言って断った。

「飲みにでも行こうか」

　ぼくは栗田千尋を誘った。

　二日前、久美子に別れを告げたばかりだった。

「そうね、今夜は思いっきり飲もうかな」

　千尋は言った。

　そして、

「結局、私にはあの花束を貰うことができなかったんだ」

　と呟いた。千尋の視線を辿ると、ちょうど加奈子が花束を持って、出口から姿を消すところだった。

「もっと大きな花束をもらう時がくるさ」

　ぼくは言った。

「そうかなあ」

「そうだよ」

文庫版のためのあとがき

白石一文

本書『草にすわる』には、三本の作品がおさめられている。最初に、それぞれについて作者なりの解説を加えておきたい。

まず表題作の「草にすわる」。この小説は私にとってとりわけ思い出深いものの一つである。執筆時期は二〇〇三年の一月。およそ半月ほどをかけて書き上げたと記憶する。四百字詰めの原稿用紙で百五十枚程度の作品だが、私の場合、そのくらいの長さだとよほど早くて半月、ふつうは一ヵ月強をかけて仕上げるのが通例だ。その点では、すこしばかり急いで書き上げた部類の一本と言うこともできる。本書中の三作の中では最も新しい作品でもある。執筆時、私はすでに四十四歳だった。

思い出深いと言ったのは、この小説を書いた理由にある。

現在も状況はさして変わっているわけではないが、この時の私は、諸般の事情もあってとりわけ経済的に逼迫《ひっぱく》していた。おおげさでなく来月からどうやって家賃を払い、どうやって食べていけばいいのか途方に暮れるありさまだった。

好きだった煙草もろくに買えなくて、自動販売機と向き合うたびに「いつかもう一度、煙草を二箱まとめ買いできる日が、この自分に訪れるのだろうか？」と真剣に自問していたものだ。

そのあたりの心境については、二〇〇一年に発表した『すぐそばの彼方』(角川書店)の主人公・柴田龍彦《しばたたつひこ》の心情にかなり色濃く反映させているので、興味のある方は一読されたい。

というわけで三年前の一月、私はまさに首が回らない状態に陥っていた。

そうなると、自分にできることは小説を書くことくらいである。小説を書いて、それを出版社に買ってもらって原稿料を貰うしかない。

その意味で、この「草にすわる」は私が生まれて初めて、食べるために書いた小説であった。

書き上げて、光文社の大久保雄策氏に原稿を持ち込んだ。幸い「小説宝石」に掲載されることとなり急いで原稿料を振り込んで貰った。あのときのほっと一息つけた安堵感はいまでも忘れられない。

私は結局、これを書いた年に会社を辞めて独立した。そして、独立後初めて出版したのがこの『草にすわる』であった。

二作目の「砂の城」は、作者としてはかなり気に入っている作品だ。

これを書いたのはずいぶんむかしである。正確な記録はないが、おそらく一九九四年頃であったと思う。十二年前といえば私はまだ三十五歳だった。主人公の矢田泰治は六十三歳、すでに一家をなした小説家である。どうしてそんな人物を描こうと考えたのかといえば、作中でもすこし触れているように、そうやって登場人物に大きな変容を加えることで、逆に私自身のことを思う存分に書きたかったからだろう。

三作目の「花束」は「砂の城」よりさらに一年前、九三年末に書き上げている。当時の私は文藝春秋で月刊誌「文藝春秋」の編集に携わっていた。日常的に中央省庁の官僚たちや永田町のさまざまな政治家たちと接触し、彼らの思考形態や権力というものの内実について、自分なりにある程度の見方が持てるようになってきた、ちょうどそんな時期だった。だから、この小説は一気呵成に書き上げた記憶がある。何かにとりつかれたような気分で二、三日で脱稿した。

当時の私としては、かなり明るい色調の作品である。「砂の城」や、『不自由な心』(角川書店)に収録したその時期の他の作品のほとんどが、人生の困難さばかりを描こうとしているのとは対照的でもある。

この「花束」は、九四年に私が瀧口明《たきぐちあきら》という筆名で出版した『第二の世界』（海越出版社）という本におさめられた。今回、文庫化にあたって本書に加え、皆さんに読んでいただくこととした。

「砂の城」と「花束」の二作をあらためて読み直してみて、当時の自分が一体どんなことを考えていたのか少し思い出すことができた。同時に、三十半ばの私が抱えていた課題は、五十間近になった現在の私にとっても依然大きな課題の一つであることを知った。

私は子供時分、比較的早くから自らが身を置くこの社会というものについて強く意識するようになった気がする。その点で、かなり早熟な子供だった。いまでも覚えているのは、小学校に入学したとき、私の最大の恐怖は「明日にでも核戦争が起きて、この世界が滅ぶかもしれない」ということだった。だが、そんな奇妙な悩みに同調してくれる同級生などいるはずもない。なにしろ周囲はみんな小学一年生だったのだから。

病弱だったことも手伝って、私の少年時代というのはうわべはともかくも、内面的にはひどく孤独で絶望的だった。友人もとりたてているわけでなく、双子の弟だけが学校社会での唯一の頼りであった。

自分を取り巻く社会というものは、若い頃の私には恐怖の対象でしかなかった。少なくともそれは、私という人間を救済してくれるはずのない無慈悲なものにすぎなかった。

社会に出て、つまり会社に入って、目に見える成果を自分のためだけでなく会社という組織のために出さねばならない立場となって、私はむしろ学生時代よりも気持ちが楽になった気がしたものだ。それまでは漠然と恐れるだけの対象だった社会というものを、たとえほんの一部ではあっても、より具体的に把握することができるようになったからだ。要するに、恐怖の正体に私は一歩近づけたのである。同時に、私は初めて友人と呼べる人たちと出会うこともできた。

それからの私は、子供時代よりは現実的に、この厄介な社会と自分自身との折り合いのつけ方について思いめぐらせるようになった。その作業は今現在もむろん続いている。そして私が小説の中でいつも描こうと努めているものの一つは、そうした個人と社会との関係性である。

よく私の小説は、エリートばかりを主人公にしていて、しかも男性中心主義的で鼻持ちならないと批評される。しかし、それは私から言わせれば実に表層的な捉え方でしかない。私が自作で常に言わんとしてきたのは、結局、この社会でのいかなる成功も夢の実現も、それだけでは個としての自身の精神的な成長にまったく結びつかないということだ。

現代人の最大の誤謬《ごびゅう》は、口先では自由、個人の尊重、自己責任などという言葉をもてあそびつつも、その実人生においては、誰もが単なる臆病さゆえに国家のために生き、組織のために生き、家族のために生きてしまっているということである。

法や正義も含めて、この社会のルールも仕組みもすべては、私が私として生きるために便宜的にそなわっているものにすぎない。そうしたものは、私たちの人生にとってそれほど本質的でもないし、実際は些細で取るに足らないものなのである。そして、さらに付言すれば、たしかに私という存在は肉体という物質によってこの社会という空間内に否応なく閉じ込められてはいるが、しかし、私が私の人生を生きるということは、その肉体をどうこうするということが第一義なのではなく、私という心を私がいかに生きるかということにこそ重点が置かれるべきなのである。人が皆、肉体的な恐怖を克服し、真摯に自分の心を生きようとしない限りは、社会からいかなる非道も残虐も差別もなくなりはしないだろう。

この複雑多様な世界に困惑したり酔ったり、途方に暮れたりする必要などちっともないと私は思う。なぜなら「この世界とは一体何か？」という問いは実は幻影でしかないからだ。そして、私たち一人一人に与えられている問いは、ただ一つ、

「私とは一体何者であるのか？」

という問いだけなのである。

世界や社会のために私があるのではなく、私のためにこの世界も社会もある。

この単純な真実を、私たちは果してどこまで本気で信じ切れているだろうか？

何かの縁で、この本を手に取ってくれた皆さん、どうか本書に収録されている三篇の小説をじっくりと味わっていただきたい。そうしてもらえれば、私がこれらの作品に託して言わんとしていることの一端をきっと読み取ることができるだろうと私は信じている。

そして、もしもそうした考えについてもっと知りたいと思ったならば、他の私の作品にもぜひ目を通してほしいと願っている。

二〇〇六年四月十四日

本書は、二〇〇三年八月に光文社より刊行された単行本『草にすわる』に、一九九四年十一月に著者名・瀧口明で海越出版社より刊行された『第二の世界』収録の「花束」を加えて文庫化したものです。

（編集部）

光文社文庫

草《くさ》にすわる

著　者　白《しら》　石《いし》　一《かず》　文《ふみ》

2006年6月20日　初版1刷発行

発行者　篠　原　睦　子
印　刷　慶　昌　堂　印　刷
製　本　ナショナル製本

発行所　株式会社　光　文　社
〒112-8011　東京都文京区音羽1-16-6
電話　(03)5395-8149　編集部
8114　販売部
8125　業務部

落丁本・乱丁本は業務部にご連絡くだされば、お取替えいたします。
ISBN4-334-74071-5　Printed in Japan

お願い　光文社文庫をお読みになって、いかがでございましたか。「読後の感想」を編集部あてに、ぜひお送りください。
　このほか光文社文庫では、どんな本をお読みになりましたか。これから、どういう本をご希望ですか。どの本も、誤植がないようつとめていますが、もしお気づきの点がございましたら、お教えください。ご職業、ご年齢などもお書きそえいただければ幸いです。当社の規定により本来の目的以外に使用せず、大切に扱わせていただきます。

光文社文庫編集部

司馬遼太郎　城をとる話
司馬遼太郎　侍はこわい
白石一文　僕のなかの壊れていない部分
白石文郎　僕というベクトル（上・下）
高嶋哲夫　流砂
辻仁成　目下の恋人
辻内智貴　青空のルーレット
辻内智貴　いつでも夢を
永倉萬治　満《まん》月《げつ》男《おとこ》の優雅な遍歴
永瀬隼介　永遠の咎
ねじめ正一　出もどり家族
花村萬月　真夜中の犬
花村萬月　二進法の犬
花村萬月　あとひき萬月辞典
原田宗典　かとうゆめこ絵　青空について

藤沢周　雨月
又吉栄喜　海の微睡《まどろ》み
又吉栄喜　鯨岩
松本清張　網《あみ》（上・下）
松本清張　柳生一族
松本清張　逃亡（上・下）
宮本輝編　わかれの船
宮本輝　オレンジの壺（上・下）
宮本輝　葡《ぶ》萄《どう》と郷愁
宮本輝　異国の窓から
宮本輝　森のなかの海（上・下）
村上龍　ダメな女
盛田隆二　おいしい水
梁《ヤン》石日《ソギル》　魂の流れゆく果て
連城三紀彦　少女 新装版

山田風太郎ミステリー傑作選 全10巻

1 眼中の悪魔 本格篇
2 十三角関係 名探偵篇
3 夜よりほかに聴くものもなし サスペンス篇
4 棺《かん》の中の悦楽 凄愴篇
5 戦艦陸奥 戦争篇
6 天国荘奇譚 ユーモア篇
7 男性週期律 セックス&ナンセンス篇
8 怪談部屋 怪奇篇
9 笑う肉仮面 少年篇
10 達磨峠の事件 補遺篇

都筑道夫コレクション 全10巻

女を逃すな〈初期作品集〉
猫の舌に釘をうて〈青春篇〉
悪意銀行〈ユーモア篇〉
三重露出〈パロディ篇〉
暗殺教程〈アクション篇〉
七十五羽の烏〈本格推理篇〉
翔び去りしものの伝説〈SF篇〉
血のスープ〈怪談篇〉
探偵は眠らない〈ハードボイルド篇〉
魔海風雲録〈時代篇〉